文春文庫

東京オリンピックの幻想

十津川警部シリーズ

西村京太郎

文藝春秋

目次

東京オリンピックの幻想

十津川警部シリーズ

プロローグ

間もなく、二〇二〇年の東京オリンピックを迎える。

警視庁では、地元のスポーツ大会ということで、警備計画や、観客の輸送計画について、連日会議を開き、討論を重ねている。

その一方、十津川(とつがわ)は、三上(みかみ)刑事部長に呼ばれて、オリンピックについて考えるように宿題を与えられた。漠然とした問題で、特に失敗になる場合について、考えをまとめるように、いわれた。

現在、東京オリンピックは、新型コロナウイルスの影響は懸念されているが、それ以外の理由で失敗について考えている人間は、皆無だろう。

しかし、どんな計画でも、失敗の可能性はあるわけで、それについて、刑事部長が心配するのは、当然かも知れない。

ただ、それを、十津川に宿題として与えたのには、理由があると、思っていた。

それは、妻の直子のことである。

直子には、叔母が一人いる。

名前は、綱田亜木子。大変な資産家だと聞いていた。その叔母にはほかに身寄りがないため、可愛がっている姪の直子に、全財産を与えるといっている。それも、並の金額ではないらしい。

おかげで、十津川は、一時、玉の輿に乗る男とからかわれて辟易したことがあった。そのため、叔母の話をすると、十津川の機嫌が悪くなる。直子は、叔母の話題に触れることを極力避けていたので、十津川は、叔母が、どんな事業で、資産を作ったか知らずにいたのである。

二〇二〇年の東京オリンピックが決定した時、突然、叔母の名前が、新聞にのって、十津川を驚かせた。

「今回、東京オリンピック開催が決定し、改めて思い出されるのは、大会返上に終った一九四〇年（昭和十五年）の東京オリンピックのことである。アジアで最初のオリンピックとして、東京開催が決った時、今回以上に、日本中が喜びに包まれた。それが、諸般の事情で、返上することになり、その後の日本は太平洋戦争に突入し、無惨な敗戦を迎えるのだが、唯一人、開催されなかった第十二回東京オリンピックで、大儲けをしたのは、ジャパニーズ・スポーツ・シューズ（地下足袋）を売りまくった、綱田洋介氏だろう。

戦後の一九六四年（昭和三十九年）に第十八回東京オリンピックが、実際に開催されたときは、綱田氏は、すでに亡くなっていた。また、ジャパニーズ・スポーツ・シューズは、残念ながら、ＩＯＣ（国際オリンピック委員会）公認にはならなかったが、第十二回の、開催されなかった東京オリンピックの際の綱田氏の熱烈な売り込みで、日本の地下足袋は、その軽さ、履き心地の良さから、世界中の労働者に愛用されるようになった。

そして、今回、二〇二〇年の東京オリンピックである。

未亡人の綱田亜木子さんは、一千万円を東京オリンピック組織委員会に寄付した。綱田氏の遺産は莫大なものといわれるが、それを狙う悪党がいたら、忠告しておこう。未亡人が、全財産を譲ると公言するほど可愛がっている姪のＮ子さんは、現在、警視庁捜査一課の敏腕で鳴る十津川警部の奥さんである」

多分、上司の三上刑事部長は、この新聞記事を読んだのだ。

正直にいって、十津川は、叔母の資産が、オリンピックに絡んで、ジャパニーズ・スポーツ・シューズで作られたことを初めて知ったのだが、別に悪い気はしなかった。

それ以上に、三上刑事部長に与えられた宿題に興味を持ったからだった。

警視庁全体としては、今回の東京オリンピックの開催を前提として、警備と、観客の輸送計画について研究することに対して、十津川に与えられた宿題が、逆の失敗についてだったからである。

昭和五年（一九三〇年）に、当時の東京市長永田秀次郎(ながたひでじろう)が、昭和十五年の皇紀二千六百年（日本式の年号）記念に、アジアで初のオリンピックを東京に招くことを考え、昭和十一年にそれが、決った時の歓迎ぶりは、大変なものだった。

「吾等の待望実現！
〝東京〟遂に勝てり」
「勝った！　日本晴だ
明治神宮に御礼参拝」
「果然!!　東京に凱歌
極東に飜(ひるがえ)る初の五輪旗」
「聖火、五輪の旗日本に来る！
おお今ぞオリンピックは我等の手に」

これが、新聞各紙の見出しであり、東京市では三日間、祝賀祭が行われ、広田弘毅(ひろたこうき)

首相は、

「これは、世界各国の我国に対する正しき理解の結果であり、本懐の至り」

との談話を発表している。

日本中が、わき返っているのだが、それが、昭和十三年、東京オリンピック開催予定の二年前に、開催を辞退している。

何故、失敗したのか――。


それを調べるために、十津川が、三上刑事部長に頼んだ助っ人は、N大の富田（とみた）という准教授だった。

富田の専門は、スポーツでも、オリンピックでもなく、「昭和の戦争」だった。そんな人間を、助っ人に頼んだのは、第十二回東京オリンピック失敗の原因が、戦争（日中戦争）だったと、いわれているからだった。

十津川が、初めて富田准教授に会ったのは日比谷の帝国ホテルのロビーだった。富田の方から指定した場所だった。

それについて、四十二歳と若い富田は、こんな説明をした。

「私は、軍人の中で唯一、好きなのは、石原莞爾（いしわらかんじ）でしてね。昭和十三年頃、彼は、関東軍参謀副長だったんですが、上司の東條英機参謀長と意見が合わず、無断で、東京にやってきては、有力者に会って、日本の将来について話し合っていた。その時によく使ったのが、この帝国ホテルだったといわれています」

「何故、帝国ホテルを使っていたんでしょうか？」

「上司の東條は、その後、陸軍大臣、首相となっていくんですが、憲兵政治で有名です。自分の敵や、嫌いな人間に対して、特高刑事に尾行させ、時には逮捕する。石原莞爾に対しても、尾行をつけていたと思うのです。石原は、それをわかっていて、わざと、誰もが知っているこの帝国ホテルで、人に会っていたんじゃないかと思うんです。石原莞爾には、そんなところが、あったようですから」

　と、富田は、いう。

「それでは、われわれも、なるべく、この帝国ホテルで会うことにしましょう」

　と、十津川は、いい、コーヒーを一口、飲んでから、

「早速ですが、昭和十五年の第十二回、東京がオリンピックの開催地に選ばれながら、返上せざるを得なかったのは、戦争のためだといわれていますが、これについてはどうお考えですか？」

第一章　昭和十三年一月

1

今年で三十六歳になった古賀大二郎は、寅年の年男である。

東京市の秘書課員である古賀は、第十二回東京オリンピック大会の宣伝担当だった。

しかし、昭和十三年（一九三八年）の元日は、朝刊を見るのが怖かった。予想どおりの記事や写真で、紙面が埋っているに違いなかったからである。

それでも、眼を通さないわけにはいかなかった。それが、彼の仕事の一つなのだ。

ゆっくりと広げて、まず、第一面を見る。

やはり、思った通りだった。

中国戦線の日の出の写真と、「日本・前進のみ！」と大文字の近衛文麿首相の新春第一声だった。

その首相声明を読む。

「昭和十三年は、明治維新、日露戦争の当時にも増して日本にとりて意義重大なる年である。維新当時において日本は自己の改造のみを問題としたが、日露戦争において日本は暗に東亜的存在として登場した。今日の日本は世界的の進歩的存在であり、その行動の意義は世界的である。是は、直に世界の平和、戦争及び明日の文化という諸問題に関係して来る」

半年前の昭和十二年七月七日、日本軍は中国の北京郊外で中国軍と盧溝橋（ろこうきょう）事件を起こした。お互いの疑心暗鬼から戦火を交え、そのまま戦争になり、いまだに続いている。日本軍は、「膺懲（ようちょう）中国」と主張した。なまいきな中国を、懲らしめるといい、中国側は、主権の侵害、侵略と非難した。

日本側は、中国は一撃で降伏すると考え、大軍を、送り込んだ。

たちまち日本軍は、中国の首都南京を攻略、日本側は、これで中国は降伏し、戦争は終るだろうと考えた。古賀もである。

だが、中国は降伏しない。

戦争は、終らず、まだ続きそうである。近衛首相も次のように、続けていた。

「――彼等の反省を期待した日本としては残念でもあるが、いつまでも支那人民の幸福を彼等の偏見の犠牲に放任して行くわけには行かない。一時は厄介でも、彼等のいわゆる長期抗日の根源を封殺し、彼等の民衆に対する重圧を排除すれば、そこに本来の支那が躍動して成長するであろう。斯かる雰囲気の下に東亜の大局を捉えて生れる政権に対しては、日本は十分の同情と支持を吝まぬであろう」

首相は、自分たちは、解放者だと主張しているのだが、中国人からは、そうは受け取られていないことは、同じ紙面にも、書かれていた。

「国府（蔣介石政府）全民衆を武装　長期抗戦の構え　和平解決は全く絶望」

「敵の堅陣を突破　我軍・博山（地名）を占領　邦人家屋は悉く掠奪」

「事変発生以来　五七八機を撃破　海軍航空隊の戦果」

更に次の頁には、大きな「大本営」の写真がのっている。

左右に、陸海軍の幹部が並び、中央に大元帥の天皇。

「畏(かしこ)し聖上・夙夜(しゅくや)御精励　事変下、全国民の感激」

その写真の脇に宮内大臣謹話が、のせられている。

「今や内外時局寔(まこと)に重大の折柄、挙国一致して尽忠報国の念を新たにし、国威を中外に宣揚して皇運を扶翼し奉るの覚悟を愈(いよいよ)鞏(かた)くする次第であります」

つまり、日本は本気だぞという意志表示である。

次の頁は、賀屋興宣(かやおきのり)大蔵大臣の日中戦争に対する財政面の覚悟の表明である。

「長期抗戦に対処し　計画性の強化へ」

という見出しで、戦争が長期化しつつあり、戦費の巨額化が予想されるので、増税問題が近く具体化する。

国民にその覚悟をして貰いたいという談話だった。

第六面を開いて、やっと、古賀の待っていた記事に、ぶつかった。それは、スポーツ欄だった。

「〝五輪大会〟と日本精神
東京開催の意義を広く世界に示さん」

の見出しで、オリンピック東京大会事務総長、永井松三の写真と談話が載っている。

永井は、四ケ月前に辞職した事務局長久保田敬一の後任で、ベルギー、ドイツなどの大使や外務次官を歴任し、国際連盟総会日本代表、ロンドン海軍軍縮会議全権委員を務めた国際通である。

東京オリンピックの招致に嘉納治五郎と共に尽力した東京市長の牛塚虎太郎も任期満了で退任し、後任として元文相の小橋一太が、第十六代市長に就任し、同時に、組織委副会長に選出された。

2

東京でオリンピックをという話が最初に持ち上ったのは、昭和五年（一九三〇年）、今から八年前である。

永田秀次郎東京市長は、関東大震災からの復興を祝って、昭和十五年（皇紀二千六百年）に、挙国一致の祝賀を東京で開こうと考えていた。

古賀が、東京市の秘書課員として、どんな祝賀会にするべきなのか悩んでいた時、清水という同僚が、オリンピック招致の案を提案してきたのである。

古賀の先輩である、清水が、いった。

「オリンピックは、四年に一度開かれる国際スポーツの祭典です。今までは、開催地はヨーロッパやアメリカで、アジアではまだ一度も開かれていません。そこで、東京で開催し、世界中の若者を集めて、日本の素晴しさを見せるのは、有意義だと思います」

その提案に、永田市長が賛成した。

理由の一つは、永田が世界を歩いて見て、いかに日本が世界に知られていないかを実感していたからだった。「フジヤマ・ゲイシャ」だけなのである。

しかし、果して、日本の東京にオリンピックを呼べるのかどうか、全く見当がつかなかったし、自信もなかった。

オリンピック招致の提案の追い風となったのは、昭和七年、第十回大会のロサンゼルス大会である。

この大会へ、多数の選手を送りたいので、文部省へ補助金の交付を受けるための嘆願書を出しているのだが、その中に、東京への招致については、一言も触れていないのである。担当者自身そのくらい自信がなかったのだ。

だが、ロサンゼルス大会で、日本選手は予想外の成績をあげた。

水泳では、水泳王国アメリカを圧倒して、男子競泳六種目中五種目を制し、百メートル背泳では、金、銀、銅を独占。陸上では三段跳びの南部忠平が、世界新記録で優勝、百メートルでは吉岡隆徳が、六位、棒高跳びは西田修平が、銀メダルを獲得した。

もっとも華やかだったのは、馬術の大障害飛越で、陸軍中尉・男爵の西竹一が名馬ウラヌス号で優勝し「バロン・ニシ」の名を一躍世界にとどろかせたことだった。

日本選手は、好成績をあげただけでなく、優れたスポーツマンシップでも、賞讃をあびた。

在ロサンゼルス領事は、外務大臣の内田康哉に、こんな風に打電している。

「各種競技ニ現レタル日本選手ノ奮闘ト好成績殊ニ公正ナル、スポーツマンシップ発揚ハ、他国ニ比シテ殊ニ顕著ナリトテ、一般ノ賞讃ヲ博セリ。斯クテ満州上海事件以来ノ対日悪感情ヲ殆ド一掃シ我国ニ対スル米国ノ敬愛ト親善ノ念ヲ著シク高メタルハ最モ大ナル収穫ナリト思考ス」

しかし、そうはいっても、戦争はオリンピック招致にとっては大きな誤算だった。

オリンピックは、「平和の祭典」であるにもかかわらず、日本軍は、満州事変を起こして、満州国を作りあげた。更に、日中戦争を始めて、戦線を拡大する一方なのである。

さらに、日本は、満州国の選手を極東選手権という国際競技大会に参加させるように、提案したことがあった。中国は、もちろん反対だし、日本が戦争を止めない限り極東選手権が開催されても、ボイコットするという国が、増えてきた。

日本軍が、中国大陸で、南京を占領して、国民が、万歳を叫び、提灯行列をすればするほど、東京オリンピックのボイコットの声も、大きくなっていく。

考えてみればもともと、陸軍は、オリンピックに冷淡だった。

例えば、陸軍省新聞班長の根本博中佐は雑誌に、こんな風に書いていた。

「国家を離れてスポーツなし。当り前の話だ。国家を離れて純粋のスポーツがあるなら、一つ後学のために拝見したい位である。だいたい国家とスポーツを一緒にして、比較論評するのが不愉快である。国家という崇高な概念に対して、スポーツなどを持ち出すのが面白くないのだ。日本の体協幹部の中には、満州国は日本が承認しただけで、外国の承認がないから、完全な国家ではないという者がいるが、大変遺憾である。国家は何も外国の承認で成立するものではなく、国家それ自身の力で成立する。外国の承認など何も国家の存立に対して役立つものではない。スポーツなど、実はどうでもいいのだ。こんなことに夢中になっている時代ではあるまい」

この頃、陸軍を無視して、東京オリンピックは実現できなかった。神宮外苑も、陸軍が、ノーといえば、使用できなかったし、陸軍の金も必要だった。

そこで、組織委員会に、陸軍の代表として、陸軍次官梅津美治郎（うめづよしじろう）も入ることになった。

帝国ホテルで開いた懇談会で、梅津陸軍次官は、陸軍の意向をこう説明した。

「日本精神の精華を世界に知らしめるように努力することが最も大切だと思う。オリンピックをお祭り騒ぎにせず、軽佻浮薄（けいちょうふはく）を戒め、質実剛健な大会とするなど、全て日本流にやって頂きたい。競技も、国民の体育、徳育の向上を目標とし、団体訓練に役立つように、一層の努力を希望する」

一読して、文化や国籍などの違いを超え、平和な世界の実現を目指すオリンピック精神とは、正反対の国家主義にあふれた考えである。

世界の祭典を日本流に、という主張をしていても、陸軍の参加は必要だった。そこで、梅津次官の談話について、新聞は、こう書いた。

「――梅津次官が、東京オリンピックを支持するか否かは、東京大会の成功の鍵を握るものとして注目される。軍部の積極的援助に多大の期待がかけられている」

最初はオリンピックに冷淡だった陸軍が、条件つきながら、賛成に回ったのは、昭和十一年（一九三六年）の第十一回ベルリンオリンピックの成功があったからだと思われる。

ナチスの総統アドルフ・ヒトラーも、最初は、オリンピックに冷淡だった。

宣伝相のゲッベルスの忠告に従ったのか、ヒトラーは、ベルリンオリンピックを、ナチスの宣伝に使うことを考えた。そうなると、独裁者だから、世界一の大会にして、自分の名前を歴史に、残そうとしたのだ。

巨費を投じて、十万人収容のメインスタジアムを完成させた。ヒトラーが、こういったという。

「これは、わが国に課せられた義務である。世界各国を招待するのだから、準備は完璧かつ壮大でなければならない。スタジアムの外装はコンクリートではなく自然石とすべきだ。四百万人の失業者がいるのだから、どんな工事も可能だろう」

このヒトラーの言葉どおり、第十一回ベルリンオリンピックは、巨大なものになった。

すべてが巨大だった。

メインスタジアムには、いたるところに、大理石や花崗岩（かこうがん）が使われた。

一万六千人の観客席を持つ水泳競技場。

二万人収容のホッケー競技場。

野外劇場も作られた。

日本選手のための総ひのきの日本式風呂まで用意された。

今までのオリンピックにはなかったものも用意された。その一つが聖火リレーである。ギリシャ—ブルガリア—ユーゴスラビア—ハンガリー—オーストリア—チェコスロバキア—ドイツと延々三千キロを越すリレーである。そのための消えないトーチが作られた。

開会式の「オリンピック讃歌」は、大作曲家、リヒャルト・シュトラウスが、作曲し、自分で指揮することになった。

そして、最大の呼び物は、大会記録映画の製作だった。この記録映画の監督は、ヒトラーの恋人と呼ばれ、ナチスの宣伝映画を作った女性監督レニ・リーフェンシュタールに任された。

さらに、この大会では、初めてテレビ放送が行われた。秀(すぐ)れた映像とはいえず、陸上男子百メートルで金メダルのアメリカ選手は、確かに何か映っていたが、誰の顔かわからなかったと笑ったが、とにかく、革新的な試みだったのである。

ベルリンオリンピックは、盛大な大会だったが、これは、国際オリンピックではなく、ナチスの第三帝国のオリンピックだという批判もあった。

ナチスのプロパガンダとしては成功という人もいた。いずれにせよ、日本の陸軍は、感激し、オリンピックを見直した。オリンピック本来の姿ではなく、第三帝国という国家が出すぎた大会だったが、軍人（特に日本軍人）は、それこそ、理想のオリンピックと思ったのである。

もう一つ、ヒトラーが、オリンピックのあと、しきりに、日本と日本人を礼讃することにも、陸軍の軍人たちは満足した。

ヒトラーの狙いは、はっきりしていた。日独防共協定の締結である。そして、その先に、日独伊三国軍事同盟の調印があった。

それでも、オリンピックに冷淡だった陸軍が、見直してくれたことに、宣伝係の古賀は安堵(あんど)した。これで、陸軍は、神宮外苑の使用にも同意してくれるだろう。

これが、一昨年八月に、ベルリンオリンピックが、終了した時点の状況だった。

ところが――。東京オリンピックの最大のネックである日中戦争が、解決に進むどころか、深みにはまっていったのである。

日本陸軍は、大軍をもって昨年十二月十三日に、中国の首都南京を占領してしまったのだ。陸軍はこの時、中国が音(ね)を上げると予想したのだが、蔣介石は、徹底抗戦を言明。

ドイツ大使トラウトマンが、日中間の和平斡旋に動いた。もちろん、ヒトラーの指示だろう。

古賀は、この時も、和平の成功に期待した。

戦争が終れば、世界の反日感情も静かになり、東京オリンピックへの反対も消える。それに、莫大な戦費も必要なくなるから、オリンピックの準備のための費用も、潤沢になると思ったからだ。

東京オリンピックは、極東で行われるから、全てに、金がかかるのだ。小国から東京にやってくる選手には、渡航費の支給も必要になってくる。

戦争が終れば、そうした出費も可能になるだろう。

しかし、トラウトマンの和平工作は失敗した。強気の日本陸軍が、日中戦争で死んだ将兵の賠償金も払えと、中国側に要求したからである。

後に近衛内閣を継ぎ、総理大臣となる平沼騏一郎は、この和平工作は、失敗すると、すぐにわかったという。何故なら、日中戦争で、死んだ将兵は、日本側だけでなく中国側にもいて、その数は、はるかに多いのである。もし、中国側も、その賠償金を要求してきたら、どうするのか。

和平工作が、成功する方法は、一つだけある。それは、勝者側（強者側）が、譲歩することである。そうすれば、敗者側は、そのことに感謝して、後に憎しみも残さない。ところがたいてい勝者側が、より大きな譲歩を敗者側に要求して失敗するのだ。

この時、日本側は、同じ失敗を犯して、戦争は解決の道が、閉ざされてしまった。

このまま、戦争が続けば、どうなるのか。

間違いなく、昭和十五年（一九四〇年）の東京オリンピックは、返上である。

日本ボイコットの声が、大きくなるのは、眼に見えているし、戦争で、莫大な戦費を使い続ければ、オリンピックに使える金は少くなるし、まだ、メインスタジアムを何処にするかも、決らないのである。

古賀は、小さく溜息をつき、あとは、機械的に、新聞をめくっていた。

映画、演芸欄がある。

外国映画の題名が、ずらりと並んでいた。

シャリー・テムプル主演
「軍使」

ローレル&ハーディ主演
「宝の山」

マルセル・シャンタル主演

「巴里の暗黒街」
クラーク・ゲーブル主演
「サラトガ」
ディアナ・ダアビン主演
「オーケストラの少女」
モーリス・シュヴァリエが出演する
「微笑む人生」
これらの映画の題名と俳優の名前を見て、古賀は、少しばかり、ほっとした。
日本が、世界から孤立していないことを感じたからだった。
ついでに、日本映画の題名の方も見ていく。
エノケンの
「猿飛佐助」
入江たか子出演
「母の曲」前篇／後篇
日活大作
「五人の斥候兵」

演劇欄もある。
「たからじえんぬ」(東京宝塚劇場)
「ロッパ新春興行」(有楽座)
「踊る日劇」(日本劇場)
「夜明け前」(築地小劇場)

3

ふいに、電話が、鳴った。

叔父である鈴木(すずき)からだった。

鈴木は、古賀にとって唯一、強力な味方だった。

現在、自ら退役して予備役になってしまったが、陸士十二期、陸大も優秀な成績で卒業し、一時、陸軍参謀本部にもいたことがある。

日中戦争について上と意見が合わずその責任をとる形での辞職だった。

だが今でも、陸軍部内に、多くの友人がいて、交流があるという。

「今、時間あるか?」

と、いきなり、鈴木が、きいた。

「時間はあるが、ぐったりしていますよ。仕事が上手くいかなくて」

「石原莞爾（いしわらかんじ）に会いたいといってたね」

「ええ。彼は、日中戦争反対ですからね。しかし、今は、満州でしょう？」

と、古賀は、いった。

「今、新年の休暇で東京に来ている。帝国ホテルに泊る予定だから、午後五時に、帝国ホテルに来れば、紹介するぞ」

「彼は、何しに上京したんです？」

「私も知らん。どうするんだ？」

「もちろん、会いますよ。彼に聞きたいこともありますから」

「じゃあ、午後五時に」

叔父は、さっさと、電話を切ってしまった。

古賀は、少し元気になり、ひげを剃（そ）る準備をした。

石原には会ったことはない。が、彼の行動がどんなもので、どんな人間かについては、鈴木から聞いていた。

誰に聞いても、陸大始まって以来の天才だという。

もう一人の天才永田鉄山（ながたてつざん）とは、不思議な縁で、結ばれていると、鈴木はいっていた。統制派の永田鉄山を、皇道派の相沢（あいざわ）中佐が白昼陸軍省の軍務局長室で斬殺したのは、昭和十年（一九三五年）の八月十二日だが、石原莞爾が、参謀本部に作戦課長として入ったのも、同じ八月十二日だった。

つまり、二人の天才が、同じ時期に参謀本部にいたことは、なかったということである。

もし、二人が同時期に参謀本部にいたとすれば、日本陸軍は、どうなっていただろうか？

日中戦争は、無かったかも知れないし、あったとしても、早期に解決しただろう。日本が国際連盟から脱退し、孤立を深めている状況で、中国と戦争を始めるような馬鹿な真似はしていないだろうからだ。

二人とも、第一次大戦後のヨーロッパを歩き、ドイツを火種とした第二次大戦が必ず起き、日本は、それに巻き込まれると考えていた。

その場合は、総力戦になるから、日本の乏少な資源では、とても戦うことが出来ない。そこで二人が眼をつけたのは満蒙（まんもう）の資源である。石原は、そのために、満州事変を起こし、満州国を手に入れた。従って満州国を、王道楽土にするというのは、後になってからの理屈で、当初は、迫り来る次の戦争のために、何としても満州の資源が必要と考えての占領だったのである。

石原と永田は、いっけん距離があるように見えるが同じ考えを持っているから、お互いを評価していた。満州事変のあと、永田は、石原に手紙を出して、その行動を賞讃している。

その石原は、今、中央から追放されて、満州国にいる。

(今でも、彼は、野心家だろうか？　陸軍を、日本を、動かす野心を持っているだろうか)

今日、会ったら、何とかして、それを知りたかった。

古賀は、有楽町で電車を降り、歩いて帝国ホテルへ向った。五時近くなると、すでに周囲は、うす暗かった。そして、寒い。コートの襟を立てて、少し前かがみで歩いた。

ホテルに入り、ロビーに顔を出すと、叔父の鈴木が、奥の方で手を上げた。

傍に男がいるのを眼で確認してから、古賀は奥のテーブルまで歩いて行った。

「紹介しよう。お前が会いたがっていた人だ」

と、叔父の鈴木がいい、男は、黙って、手を差し出した。

部厚い毛皮のコートを羽織り、ツバの広い帽子をかぶっていた。蒙古(もうこ)人の服装だった。

想像していた石原とは違った。少なくとも、天才的な将校には見えなかった。

ただ、石原は、彼が愛する満蒙から休暇でやってきたのである。蒙古人の服装をしていても、おかしくはないのだ。

握手した手は、意外に細(ほ)っそりしていた。

鈴木は、相手に向って、古賀を「東京オリンピックの宣伝担当者で、可哀そうな犠牲者だ」と紹介した。

古賀は、眼の前の男が、石原と確信が持てないまま、日頃の考えをぶつけていった。

「何故日中戦争が止(や)められないのかわからないのです。日本にとって、何のトクにもならない戦争です。勝った勝ったといいますが、勝つ度(たび)に、世界の非難が、大きくなっています。戦死者も増え、戦費もうなぎのぼりです。そのくせ、中国相手の戦争は、日本が予想している主要な戦争ではないといっている。それなら、すぐ止めて、石原さんのいう最後の世界戦争に備えるべきでしょう。第一、日中戦争を止めれば、東京オリンピックが出来るんです」

男は、眼を閉じて、黙って聞いている。

戦争という言葉には、小さく表情が動いたが、オリンピックには無反応だった。そのことに、古賀は、逆に、男が、ホンモノの石原だという確信を持った。

「何故、戦争を止められないんですか？　兵士の一人一人が、喜んで戦っているとは、思えませんが」

古賀が、いうと、相手は初めて口を開いた。

「最近、『軍神川上連隊長』という芝居を見た。歌舞伎役者が、演じていた」

一瞬、古賀は、面食らいながら、

「その芝居なら、知っています。映画にもなるらしいです」

「西野戦車連隊長が、戦死した戦いは、映画になっている。歌もはやっている」

「それも知っています。連隊長が、真先かけて、突進して戦死しているので、さすが日本軍だと称賛されていますが」

「他にも、何人か、連隊長が、戦死、或いは負傷して、君のいうように、美談になっている」

「はい」

と、古賀は肯(うなず)いたが、石原が、何故そんな話をするのか、いぜんとして理由をつかみかねていた。

「師団長は、戦死した連隊長に感状を与えている」

「当然だと思います」

「しかし、師団長たちは、美談が増えることに困惑している。何故なら、戦場で、連隊長クラスが戦死することは、めったにないはずなんだ。一番死ぬのは、小隊長か中隊長クラスで、これが通常だ」

「――」

黙って古賀は、叔父の鈴木を見た。鈴木が小さく肯いている。

「しかも、南京攻略以後に、連隊長の戦死が増えている」

と、石原は、続けて、

「南京が陥落した時、日本の将兵は、全員が、これで戦争は終ると確信した。何しろ、敵の首都だからね。年末だから、正月は故郷に帰り家族と一緒に迎えられると喜んだ。この思いは、全将兵に共通していたから、こんな悲喜劇が生れた」

石原は、能弁になり、早口になっていった。

「南京攻略に手柄のあった連隊で、連隊長がこう命令した。中国人から巻き上げた戦利品は、すぐ、差し出せと。連隊長は、正直に差し出す者は、少いだろうと思っていたが、驚いたことに、全員が差し出した。兵士たちは、これは直ちに帰国に違いない。

だから分捕品を置いていけという命令だと勘違いして、一斉に差し出したんだ。ところが、整列命令が出て、てっきり、故郷へ向けての行進かと思ったら、徐州という新しい戦場への行進命令だった。兵士たちは、愕然とする。帰国なら、もう死ななくていいが、新しい戦場なら、いやでも、何人かは死ぬからだ。そうなると、連隊長が、突撃命令を出しても、兵士は、突撃しない。小隊長も動かない。連隊長自ら剣を抜き放って突撃せざるを得なくなって、美談が生れたんだよ」

「それなら、兵士は、戦争を止めたがっていますね？」

「厭戦気分は漂っている」

「戦争を止められますか？」

「陸軍刑法がある。敵前において、命令に反対したる場合は死刑となっている」

「駄目ですか？」

「全てに例外はある」

と、石原は、微笑した。

その微笑に誘われたように、叔父の鈴木が話に加わってきた。

「君が外に出た後も、陸軍参謀本部という組織は変っていないんだろう？」

と、鈴木が、石原に、きいた。

「組織としては変っていないが、日本は、そこに坐る人間によって、変るからね」

と、石原は、いった。

「その中で、全く変らないのは？」

「そうだな、トップの陸軍参謀総長かな」

と、石原が、いった。

鈴木は、笑った。

「そうか。トップは、今も、宮様だったな」

「宮様って？」

古賀は、二人が笑った意味が、わからなかった。

「閑院宮載仁（かんいんのみやことひと）殿下だ。戦場でも手柄を立てられた宮様で、参謀総長に就任された。しかしすでに老齢で、ご自分は、退任したいという気持だといわれているがね。何しろすでに七十代だ」

と、叔父が、いった。

「それでも、みんなが、辞めさせないんですか？」

「何しろ、宮様だからね。陸軍大臣でも宮様には反対しにくいんだ」

鈴木がいうと、石原は、笑って、

「その陸軍大臣が荒木貞夫の時、彼が、閑院宮殿下を参謀総長に推したんだ」

と、いう。

現在、内閣参議の荒木は、東京オリンピックに賛成してくれていた。

「今の陸軍大臣だって、閑院宮殿下を、参謀総長にしておきたいと思ってる」

「何しろ海軍も、伏見宮博恭殿下を、トップの軍令部総長に据えて、取りかえないからな」

二人で、古賀を無視して喋り出した。

「あれは、明らかに予算ぶん捕りのために、伏見宮殿下の名前を利用しているんだ」

「しかし、米内、山本、井上のトリオは、伏見宮殿下に反対だと聞いた。あのトリオは、英米派で、日独伊三国軍事同盟に反対なのに、伏見宮殿下は賛成だからね」

「閑院宮殿下を動かせるのか？」

と、叔父が、石原にきいた。

「何か、宮様の弱点がわかれば、動かせるよ。ご老人で、気弱くなっているという噂だからね」

と、石原が、いった。

「南京攻略の直後、中支那方面軍司令官の松井石根大将たちとともに、朝香宮殿下自らが、入城式に臨まれたという話も、大きく報道されていた」

と、鈴木が、いった。

「あれは、松井司令官たちが自分に箔をつけるために、宮様を呼んだんだよ」

「宮様を接待するために、わざわざ東京の芸者を南京まで呼んだらしいね」

「その噂が本当なら、芸者だって、司令官たちのなじみだろう」

「たとえば、朝香宮殿下を動かして、和平まで、持っていけないか？」

と、叔父の鈴木が、きいている。

「いや、上海派遣軍司令官の朝香宮様は、むしろ戦争に積極的だ。あくまで、閑院宮様のことを、調べてみよう。三ケ日は、東京にいるつもりだから」

「君の上等兵さんの方は、大丈夫か？」

「上等兵？　ああ、東條上等兵か」

と、石原が、笑う。

「君に東條上等兵と呼ばれたことが、よほど口惜しくて、特高を使って、これからも、君をいじめるつもりだと聞いたことがある。大丈夫か？」

と、鈴木がきく。

「大丈夫だ」

と、石原は、いってから、

「部屋に来ないか。君にお土産を持って来ているんだ」

4

古賀も、二人について、石原のチェック・インした部屋に向った。部屋に入ったとたん、古賀たちは、三人の男に取り囲まれた。

三人とも背広姿だったが、なぜかどの顔も陽焼けしていた。

一人が、拳銃を、石原に向けた。

「東京特別高等警察の者です」

と、拳銃を持つ男が、妙に丁寧な口調で、いった。

「まあ、座って下さい。少しばかり、石原さんにお聞きしたいことが、ありましてね」

古賀と叔父はソファに並んで腰を下し、石原は肘掛椅子に腰を下した。

「石原さんは」

と、拳銃の男が、いった。

「参謀本部第一部長を解任され――」

「解任じゃない。自分で辞職願を出している」

石原が、抗議しても、相手は、構わずに、

「解任され、満州国に出向したにもかかわらず、無断で現地を離れ、東京で地方人（民間人）と密談していた。そのことについて、理由を聞きたいのですよ」

「満州国には、三日間の休暇願を提出しているよ」

「そんなものは、出ておりません」

「そうか」

と、石原は笑って、

「君たちを何処かで見たと思っていたんだが、満州で会ったんだ。向うの陽差しはきついから、それで陽焼けしたのか。私を尾行して、私の休暇願を破り捨てたか？」

「そこにいる地方人の名前と職業、そして、何を相談していたか、それを話して頂きたい」

「その前に、ちょっと、煙草を取っていいか。そこの机の引出しに入っている」

と、石原がいい、相手が、身体をひねって、机の引出しをあけようとした瞬間、手を伸して、男の拳銃をもぎ取った。

そして、いきなり、相手の左足の靴に向って、射ったのだ。

鋭い発射音と、男の悲鳴が、交錯した。

石原は、拳銃をテーブルの上に置き、冷静な口調でいった。

「こんな物騒な物を振り廻すから、暴発して怪我をするんだよ。すぐ、医者を呼ぼう」

「私に構うな！」

と、男は叫び、テーブルの上の拳銃をわしづかみにした。

「帰るぞ！」

ドアを押し開けて、部屋を出て行った。他の二人も、それに続いた。

三人が消えた後に、血が一筋、ドアまで残った。

「お土産を忘れてた」

と、石原が、いった。

大きᄆ目の封筒を、バッグから取り出して、中身をテーブルに広げた。

「第百×師団
　師団長日誌

昭和十二年八月二十四日より
十二年十二月十五日まで（写）」

と、表書きされたものだった。

石原が説明する。

「昨年、第二次上海事変が起きた時、中国にいた日本軍は二個師団だったが、戦火はいっこうに収まらないどころか、拡大し、二個師団は五個師団に増強され、担当区域も、上海、北京、南京に拡大された。

兵力不足を補うため特設師団が作られた。第百×師団も、その一つで、師団長も急遽、予備役から現役に戻された陸軍中将だ。彼は、誠実な人物であり、私の古くからの友人、いや先輩である。彼は、現在も第百×師団を率いて、中国に出征している。その師団長が、十二月三十一日までの師団長日誌の写しを、私に渡してくれた。これを読めば、日中戦争の実態がよくわかる。私にとって参考になるし、お二人が願っている東京オリンピック開催のための参考にもなると思う。なお、ところどころ挿入された書き込みは、私の感想だから無視していい」

これを、叔父の鈴木が受け取り、古賀に渡した。

「お土産といっても、軍の関係者以外が、持ち帰るのはまずいだろう。われわれも色々と話すことがあるから、お前は、この部屋で、先に読ませてもらえ」

鈴木の言葉に、石原も頷く。

古賀は早速、それに眼を通しはじめた。

日誌は、第百×師団へ配属が決まった、昭和十二年八月二十四日に、はじまっていた。

緊急時局の召集にもかかわらず、陸軍大臣・杉山元（すぎやまはじめ）大将以下が出席し、礼装にて、さまざまな式典が、執り行われたことがわかる。

こうして、華やかに戦地に送り出された模様を、石原は冷ややかに見ていた。そのことが、石原自身の手による、書き込みから、古賀には伝わってきた。

しかも、中国軍の抵抗は激しく、日本軍は苦戦を強いられた。特に無数のクリーク（小さな河川）に守られた、大場鎮（だいじょうちん）の要塞を攻略するにあたっては、第百×師団は、非常に大きな痛手を被（こうむ）ったという。戦闘の中で、師団の連隊長まで、戦死してしまったのだ。

大場鎮の激戦後、第百×師団は上海に入り、つかの間の休息が与えられることになる。十月三十一日には、先ほどの会話に上った、閑院宮殿下御下賜（かし）の「シャンペン」

をもって、乾杯がなされ、新任務への邁進を誓った様子が、日誌には克明に記されていた。

さらに日本軍は、中国を追撃し、十二月十三日には、中華民国の首都・南京を攻略。東京でも盛大な提灯行列が行われていた。日本全体が、祝勝ムードに包まれたのを、古賀自身も目撃している。

そのような状況で、師団の間では凱旋の噂が立った。将兵の殆どが、正月は故郷で、家族とともに、迎えられると信じていたというのは、先ほどの石原の話とも一致した。

しかし、そこに書き込まれた、石原の考察は、世間一般の見方と異なっているようだった。

〈蒋介石は、徹底抗戦を叫び、ドイツのトラウトマンの斡旋による和平工作は、すでに失敗している。日本政府、日本陸軍が考えた一撃和平は失敗したのである。

すでに、上層部は、次の徐州作戦を計画し、年明け以降、準備が整い次第、実施される筈である。

今のままの状況で、攻撃命令を出した場合、帰国を予想している将兵を厭戦気分に陥らせる恐れがある。

従って、早期に、和平は絶望であることを、将兵に話す必要があるが、ここは、逆

に、新しい和平の道を探すことが日本とアジアの将来のために最善と考える〉

　ここまでを読み終え、古賀はわざと大きな音を立て、日誌を閉じた。

　叔父と石原が、話しこんでいる、ソファに目を向けると、石原は、

「役に立ちそうかね？」

　と、微笑んだ。

「閑院宮殿下は、今の日中戦争を、どう考えておられるんですか？」

「何回かお会いして、正直に話し合っているが、戦争は、味方も敵も傷つけるから、好きになれないと、おっしゃっていたことがある」

「しかし、陸軍参謀総長でしょう。作戦を立てるトップじゃありませんか？」

「陸軍大臣だった荒木貞夫に担ぎあげられて、辞められないが、もう疲れたといわれていたね。あれは本音だよ」

「荒木貞夫さんの方は、どうなんでしょうか？　今内閣で、東京オリンピックを明確に支持しているのは、荒木参議だけなんですが」

　と、古賀が、いうと、石原は、

「今でも、荒木は、野心家だよ」

「そうかも知れませんが――」

「何か、彼の野心を刺戟できれば、上手く使えると思うがね」

「どんな風にですか?」

古賀は、しつこく、きいた。

東京オリンピックの成否は、瀬戸際に立たされている。どんな智慧でも借りたかった。

「荒木貞夫という男は、出身は東京だが、何故か、奈良の十津川村という寒村に、強い関心を持っていた」

「十津川村ですか? 聞いたこともありません」

「米の穫れない村だ。山と谷ばかりで、平地が全くないから、稲作が出来ないんだ。非常に貧しい村だよ」

と、石原は、いう。

「その村に、一度、行ってみたいですね」

と、古賀は、いった。

第二章　戦局が動く

1

ドイツ大使の斡旋(あっせん)による日中和平交渉がつまずいたといっても、ただちに交渉決裂ということではない。

外交交渉というものは、長引くのが常識である。今回も、その常識に従って、日本側も、川越茂(かわごえしげる)駐中国大使を帰国させなかったし、中国側も、許世英(きょせいえい)駐日大使を、麻布飯倉の中国大使館から動かさなかった。

一月十五日発行の夕刊には、「きょう重大連絡会議」とあるが特に予兆はない。

「政府と大本営との連絡会議は十五日午前十時より首相官邸に開会、（中略）同会議終了後内閣より次の如く発表した」

とあり、その発表は、以下のようなものだった。

「本日午前十時参謀総長宮、軍令部総長宮両殿下台臨の下に大本営政府連絡会議開催され各参列員より諸般の報告ありそれぞれ意見の交換を行い十一時四十分会議を休憩し午後三時より引続き開会諸般の打合せをなす筈」

それだけである。近衛文麿首相、杉山元陸相、米内光政海相の写真が載っているが、特別に緊張した顔ではない。

夕刊の紙面を隅から隅まで見ても、緊張するような記事は、載っていないのである。日中間の戦闘の記事もない。それどころか、「中華門に平和の羽搏き」と題して、軍用鳩の訓練風景の写真が、載っている。

ところが、一月十五日に近衛首相による、こんな声明骨子が発表された。

「支那新興政権と提携　国民政府を黙殺す
　帝国きょう中外に声明」

一、帝国は今日に至るまで隠忍に隠忍を重ねて支那側の反省を求めて来たに拘らず、支那側は何等反省の色を示さず依然として抗日の虚勢を示している、よって帝国政府

はこの上は最早国民政府を相手にせず徹底的膺懲の方針で進む
一、これと共に帝国政府は東亜永遠の平和を確立するために支那新興政権を待望しこれと提携する
一、時局既にここに至った以上これに対処するため我国民は更に長期戦に臨む覚悟を以て挙国一致の実を挙げねばならぬ

そして翌日、「帝国政府は爾後国民政府を対手とせず」という声明が、発表された。

ほとんどの人も、メディアも予想していなかった。

十六日発行の夕刊には、さらにこんな記事がのった。

「影慌だし・支那大使館　〝一縷の望み〟に宣告
去るか・病む大使　俄に曇る青天白日章」

一方、遂に、日本の川越大使に近く帰朝命令とある。

今まで日中戦争では政府が手控えするのを軍部が強行し、政府を困らせていたのだが、反対である。軍部が迷っているのに政府、それも総理大臣が戦争継続を発表したのである。

恐らく、若くて世論の応援を受けた近衛首相としては、軍部に何かと政策の邪魔を

されていた。そこで今回は軍部の先回りをして、自分の強い所を示すことにしたのだろう。

この近衛首相の声明のせいで停滞していた日中戦争が動き始めた。軍部、特に若手の将校たちは南京から逃げた中国軍を追撃して包囲し、殲滅することを計画した。これが徐州作戦である。それに反対したのは石原莞爾だった。

一月末から二月初めにかけて、新聞は日中戦争の記事が急に多くなった。日本の兵士たちの写真も大きく載るようになった。行進している兵士たち。占領地を守っている歩哨の姿。そして、列車に乗って手を振っている兵士たち。記事の見出しも勇ましいものばかりになった。

「中国軍三〇万を包囲」

「逃げ場を失って右往左往している中国軍」

「海鷲長駆海を越えて重慶を爆撃　敵機三〇機を撃墜」

そして次々に陥落していく中国都市の名前。幹線道路や幹線鉄道は、今にも日本軍が全て占領してしまうような見出しだった。

しかし不思議な事に、二、三日すると見出しが、

「国府軍、三〇万抵抗の構え」

などとなり、二、三日前には攻略していたはずの町からいつの間にか日本軍が後退しているのである。もちろん戦略的な後退ではあるし、逃げた中国軍を誘い出す作戦と書かれている。また海鷲の重慶爆撃で三十機の中国軍機を破壊した筈なのに、三日後の新聞には、蔣介石がイギリスとソビエトから数十機の飛行機を購入した、と書いてあった。いくら撃墜しても、少くならないのだ。

一番驚いたのは、あの近衛首相が国民に向って、「長期戦を覚悟し、国家総動員法の法案要綱を公表」したと書かれてあった事だった。陸軍の発表の方も、同じように長期戦を覚悟、とある。近衛首相の「国民政府を対手とせず」の直後は、新聞紙上は、中国一撃論の花盛りだったのである。とにかく、首都南京から逃げた中国軍は一撃で撃滅するという見出しだったのだ。石原莞爾が、かつて笑っていった。

「日中戦争が始まれば長期戦になるのは、陸軍の軍人なら誰だってわかっているんだ。こっちが攻めれば向うは逃げる。中国大陸は広いし、何しろ中国人は五億人だからね。追いかけっこになったら日本軍が勝てる訳がない」

二月中旬の新聞にも驚く記事があった。中国軍が台湾を爆撃した、と大きな見出しで載っていたのだ。台湾は日本領である。

今まで新聞を見る限り、日本が一方的に海軍や陸軍の爆撃機で重慶を爆撃していたのだが、突然中国軍が台湾を爆撃したというのである。損害は軽微だというが、どうもわからない戦争だなと、古賀は思った。その後の新聞には、台湾を爆撃したパイロットは中国人ではなく、イギリスやソビエトの人間だと書いてあった。石原の言うように、この日中戦争は長引いて、短期では片付かないのではないかという気がしてきた。

しかし、それでは東京オリンピックの宣伝を担当する古賀は困るのである。日中戦争が続く限り、今回のオリンピックに中国が参加するはずはないし、中国に同情する国のオリンピック委員も参加に反対するだろう。それにもう一つ、いや一番の心配は、開催のための資金だった。

二月十一日は紀元節である。この日の新聞を見ると、物品特別税が発表されていて、課税実に四十七項目、税収六千二、三百万円と書かれている。社会面には、それをタネにこんなコントも載っている。「マッチ千本で五銭の税金がかかる。よって、下手にマッチを擦る事は止めましょう」と。また、煙草の値上げも新聞ダネになっていた。

一方、大きく紙面を割いていたのは、「国家総動員法」である。これは近衛首相が言い出したもので、明らかに日中戦争は長引くという事を念頭に置いての新しい法案である。国内の一切の人的、物的資源を戦争遂行の為に動員できるというものだ。さすがにこの国家総動員法に対しては、国内の政党が反対しているが、このまま戦争が続けばこの法案は成立してしまうだろう。

その件について、古賀は賛成でも反対でもないが、こうした法令が出来るという事は、日中戦争が長引くという事である。賀屋興宣大蔵大臣から近く増税案が出るだろうと前から予想されていた。現在は、東京オリンピックの組織委員会に陸軍次官が加わっているが、このまま戦争が続けばオリンピックどころではないと言明して、組織委員会を離脱する事は目に見えているし、陸軍が金を出してくれなければ東京オリンピックは実現できないのである。今に至っても、メインスタジアムを何処に造るのかも決まっていない。陸軍がオリンピックに反対すれば神宮外苑も使えなくなるから、他の場所に土地を確保し、今からメインスタジアムを建造しなければならないのだ。

一方、世界情勢に目をやるとドイツのヒトラー率いるナチスが力を増していて、イタリアのムッソリーニと並んで、独裁色を強くしていき、それに対して日本が媚びを売っているような感じが新聞記事にも表われるようになってきた。日独伊三国軍事同盟の話である。日本の陸軍の若手将校たちがナチスドイツに対して、あるいはムッソリーニのファシスト政権に対して好意を持っている事は、はっきりしている。

ヒトラーの書いた「我が闘争」がベストセラーになってもいる。その主張について古賀は、石原に聞いた事があった。石原は、ヒトラーの「我が闘争」を読んだといった。

「確かに面白いが、あれはあくまでも大陸国家の考えであって、大陸を後ろに控え、前方に広大な海洋を持っている日本には、あの考えは合わない。したがって若い将校たちがヒトラーを崇拝していることに私は反対だ」

日中戦争は延々と続きそうである。そして世の中は、どんどん貧しく、暗くなっていく感じがした。新聞にはこんな記事まで載った。

「ダンスホールを閉鎖すべし」

「パーマネント・ウェーブは禁止せよ」

「羊毛製品や絹製品は輸出にまわせ　国内ではスフ、化学繊維を使え」

「化学繊維もスフも悪い物じゃない」という広告も載った。

そして警察は、若者たちが遊び呆けている所を取り締まる事に専念するようになった。二月中旬、東京警視庁の三日間の取り締まりで検挙されたのは、上野では、女学校を中退した少女や、喫茶店で文学論を戦わせていた文学青年。浅草公園で制服の少女四人、或いは銀座のスタンド・バーで飲んでいた少女もいる。

古賀から見れば、たいした不良ではないのだが、戦争が長引きそうなので、国民、特に若者の引き締めに走っているのだろう。

戦争報道の方は、相変らず威勢がいい。

「敗走の敵大軍を黄河の濁流が阻む」

「踏山寺包囲成る　敵五千全滅す」

「敵の堅陣を粉砕　新郷も陥落目睫（もくしょう）」

見出しを見ていると、間もなく、日中戦争は終りそうだが、こんな記事も出る。

「敵、黄河の岸に布陣　南方の敗敵も集結す」

日中戦争で日本が勝っているのかどうか、わからなくなってくる。

航空戦の方は、勝敗が、はっきりすると思うのだが、これも、時々、不明瞭になった。

海鷲、陸鷲の方は、敵の奥地まで渡洋爆撃し、そのたびに、何十機もの敵機を撃墜したり、破壊したりしている。

このままでいくと、間もなく、中国機はゼロになる筈なのだが、何故か、そうならないのだ。

一方、町の献金運動も連日、紙面を賑わせるようになった。新聞の隅に軍用機献納資金といって、どこそこの会社が、または個人が軍用機の為に献金したと載っている。

「王子製紙が二百六十七万円寄付」とか「朝日新聞本社が富国強兵の為に一万円寄付」とかいう記事が載っているのである。

戦果の方も曖昧でよくわからない記事が載るようになった。十九日発行の夕刊には、

「皇軍の占拠区域　七四万平方キロに達す」

と、あったが、根拠がよくわからない。また、二月下旬には中支方面司令官の松井石根将軍が凱旋したというので、新聞の一面から社会面まで、松井将軍の写真で、埋まってしまった。

古賀が、そのことを、口にすると、叔父の鈴木は、こんなことをいった。

「松井は、古風で、きまじめな男だ。その松井が、ここにきて、兵士の風紀の乱れについて、心配だと日誌に書くようになったと聞いた。南京攻略の英雄だが、その南京戦と、南京陥落の前後に、配下の将兵の中に、中国の民衆に対する暴行、殺人などを働く者が多いことを気にして、南京入城式のあと、全将兵に対して、皇軍である自覚を持てと、命令しているんだ。それを大本営は、松井の統率力の無さと考え、交代させるために、呼び戻したんだという噂もある」

「では、松井将軍の功績をたたえての帰還命令じゃないんですか？」

「はっきりしないが、私の危惧が当っていると思っている」

「そうなると、日中戦争は、長引くということですね」

「和平交渉をしないのなら、戦争は続く。勝利することが不可能だからね」

「しかし、近衛首相は、国民政府を対手とせずと言明してしまったから、和平も難しくなりましたね」

「普通の和平交渉は、まず、無理だ」

「他に、和平の方法はありませんか？」

「例えば、どんな形の和平だ？」

「国民が、一斉に、戦争反対を叫んで、ストライキをやったらどうですか？」

古賀がいうと、鈴木は、笑った。

「日本人は、戦争反対を理由に、全国的なストライキをやる民族じゃない。特に、日中戦争は、新聞、ラジオを見、聞く限り、日本軍が勝利を続けているからね。日中戦争を理由に、国民がストライキをやる可能性はゼロだ」

「生活苦から、戦争反対を叫ぶ可能性はどうですか？　戦争のおかげで、税金は高くなっていますが」

「お前は、生活が苦しくなったと感じているのか？」

と、叔父が、いった。

「最近、おふくろさんに、新しいラジオを買ってあげたんだろう？　生活が苦しいとはいえないな」

確かに、古賀は、母親に新しいラジオを買ってやっている。マツダ製で、四十五円。

「しかし、十回払いですよ」

と、古賀は、いった。最近、高い物は、定価も書かれているが、割賦の一回の支払いを広告にのせることが多くなった。税金が高くなって、人々が、一括払いで買うことが苦しくなったのか、それとも、ぜいたく志向になったのか、古賀にもわからない。

「最近、軍人、特に将官の給料が改定されて高くなった。物価が高くなっている証拠だが、その一方で、戦争景気で、うるおっている企業や社員もいるからね。生活苦からの戦争反対は、まず、あり得ないな」

と、元軍人で予備役の叔父が、いう。

近衛首相の突然の声明以来、日中戦争は、中国全域に広がり、長期戦の様相を見せ始めている。

新聞記事は、日中戦争であふれている。それも、大きな戦闘のニュースは少く、小さな英雄のエピソードが多くなっていった。

「お役に立ったと勇躍出征した飯島君」

「誉れの一家　模範青年だった富澤君」

「明朗な高井君」

　個人名で兵士の写真が載っている。

　どこそこの青年が、ある戦闘で、敵を何人も殺したという話である。その青年の写真入りで、子供の時、イタズラ好きだったといういわゆる「ほほえましい話」が、添えられている。小学校時代の担任の先生の写真も載っていて、明らかに、日中戦争を市民一人一人の身近なものにしていこうとする政府、軍部の意図が見えてくる。

　それに応える一般市民の美談も、新聞に載るようになった。

「戦士の妻の亀鑑、黒髪切って夫を激励」

　これは、杭州の戦闘でかくかくたる武勲を立てて戦死した一兵士のポケットに、妻の黒髪が入っていたという話である。

「烈々赤心を綴る軍国の母　戦い半途にして、御奉公ならず　残念！　わが子の戦死」

　この母親の写真と、彼女の作った和歌が、載っている。

「戦いはまだこれからと言うものを役にも立たで散りし悲しさ」

　古賀は、こうしたニュース記事が多くなると、それだけ、東京オリンピック開催が、遠のいていく気がしてくる。

2

古賀が気になるのは、日中戦争の行方と、東京オリンピックへの世界の見方だった。開催国日本への見方は、厳しくなっていくのがわかっていたが、その中で、唯一の頼みは、アメリカのIOC委員ブランデージが、全く変らずに東京オリンピックを支持してくれていることだった。

しかし、そのアメリカでは、同時に、日本が中国と戦争を続ける限り、東京オリンピックをボイコットするという世論も高くなっているのである。

（まるで、綱渡りだな）

と、古賀は思う。綱を無事、渡ったとしても、その向うに、東京オリンピック開催が約束されているわけではないのだ。

今、日本のオリンピック委員の嘉納治五郎（かのうじごろう）が、海外で、孤軍奮闘しているが、近く、古賀も、嘉納を助けるために、海外出張が予定されていた。

（しかし、今の状況で、海外へ出て行っても何の役にも立たないかも知れない）

やはり、石原莞爾の力を頼りにするより仕方がないという気になってくる。石原が、東京オリンピックに賛成かどうかはわからない。多分、あまり関心はないだろう。それでも構わない。日中戦争に反対し、早期和平に持っていきたい点は同じなのだ。

東京市長にも、嘉納治五郎にも、今の軍部、特に陸軍を抑える力は無い。その点、石原には、あるかも知れない。日中戦争賛成派の勢力によって、参謀本部を追われて関東軍参謀副長に左遷されてしまったが、いまだに、軍の中にも外にも、石原信奉者は多いと聞いていたからである。

その石原が、満州に帰ったまま、消息がつかめない日が続いた。

（中央を追われ、関東軍では、嫌悪する東條英機（とうじょうひでき）参謀長の下に置かれたので、動きが取れなくなっているのではないか）

と、古賀は、心配したが、叔父の鈴木が、連絡を取ったところ、いよいよ、現在の関東軍に、最後通牒を突きつけるつもりになっているという。

そして、満州国に関する自分の考えを記した文書を、植田謙吉（うえだけんきち）関東軍司令官に提出する準備をしているらしい。

「その内容を、石原は、電話で具体的に話してくれた」

と叔父の鈴木は、いった。

「まず諸悪の根元たる満州国内面指導の撤回を要求すると、いっている。石原は、満州国は独立国だというのを、前提としている。それなのに、植田軍司令官も東條参謀長も、満州国を植民地と見ているから、内面指導をやりたがる。だから、今回は具体的に、要望事項を書くといっていた」

叔父が話してくれた石原の「満州国に関する要望事項」は、次のようなものだという。

一、関東軍は満州国の政治に干渉すべきではない。

一、国策決定機構として、協和会会長のもとに中央委員会を組織して、国策を決定する。

一、満州人の土地には、いかなる者も手を出してはならない。買い上げもしてはならない。満州産業五カ年計画を実施すること。子供たちに官費で教育を受けさせること。日系官吏は満州官吏よりも三倍の高給をとっているが基本給は同額にすること。

と、いった具体的な要望事項を列挙したあと最後に「日本の責務」を、次のように述べる。

「関東軍の内面指導を撤回するため、更に日本としては速(すみやか)に満鉄を満州国法人とし、関東州を満州国に譲与する英断に出(い)ずると共に、日満間に共通なる経済を公正妥当に決定すべき協議機関を東京に設置するを必要とす」

「こうした要望書を、植田軍司令官に、提出したいといっていた」

「日系官吏が満州官吏より三倍の高給を取っているのは、止めろと、具体的ですね」

「現在の満州は、石原の願った満州国ではなくなってしまったと、いっていた。日本の役人は、同じ職場で働く満州人より三倍の高給を取っているし、通勤にも車を使っている。そのために、満州国予算の中に占める人件費は三十パーセントを越して、財政を圧迫しているから、そんな役人から車を取り上げて歩かせろといっているんだ。その上、植田軍司令官は、皇帝より豪邸に住んでいるから、役人に対するしめしがつかない。つまり、上から下まで腐っていると怒っていた。今の関東軍のやり方は、昔のままの植民地政策だというんだ」

「それで、石原さんは、植田軍司令官に、要望書を出すつもりなんですね」

「そうだ。治安以外は全て満州人に任せ、関東軍は口を出すなというのが、石原の信念だからだ」

「それで、石原さんの要望は、通るんですか？」

と、古賀は、聞いてみた。

「私も、聞いてみた。そうしたら、石原は、電話の向うで笑って、こういった。植田司令官も、参謀長も無能だから、多分へらへら笑って、何もしないだろうと」

「それが、わかっていて、要望するんですか？」

「石原は、今の満州国に、というより、関東軍に絶望しているんだ。だから、最後の要望書を提出して駄目なら、辞表を出すつもりだと思うね」

「そのあとは、どうするんですか？」

「日中戦争の早期終結に全力をつくすんじゃないか。このままだと長期戦になり、日本は泥沼にはまり込む。近衛声明で、中国との和平は難しくなったが、蔣介石に頭を下げてでも、日中戦争をやめないと、日本は滅亡すると、石原は、いっているからね」

「石原さんの力で、日中戦争が終結すれば、東京オリンピック開催の夢もふくらんできます」

と、古賀は、自然に、笑顔になった。

石原の和平工作は、複雑だろうが、古賀の方は簡単である。日中戦争が終結すれば、諸外国の東京オリンピックに対するボイコット運動は、間違いなく減るからだ。

それに、日中戦争の戦費を、東京オリンピックに回すことが出来る。神宮外苑の土地にオリンピックのメインスタジアムを造ることも可能になる。

その石原莞爾が、突然、東京に飛んできて、会うなり興奮した口調で、いった。

「日本陸軍が、大敗した！」

「日中戦争でですか？」

「他に戦争はしていないよ」

「この戦争は、勝敗のはっきりしない長期戦で、日本軍が攻めれば、中国軍は逃げる。形としては、日本軍の連戦連勝の筈だったんじゃありませんか？」

「だから、司令官も参謀も、安心しきっていた。完全な怠慢だ」

「どんな戦闘だったんですか？」

「中国の山東省に台児荘（たいじそう）という町がある。南京から北西三百キロにある町だ。この頃、日本軍の戦線が伸び切って、守勢に立たされていた。それにも拘らず、日本軍は、台児荘周辺の安定確保を第十師団に命じ、簡単な作戦と考えていた。ところが、中国軍は、待ち構えていた大軍で、日本軍を包囲したんだ。すでに、攻守が逆転していることに、日本軍の上層部は気付かなかったんだよ。だから、ここで、日本軍は、大敗北を喫して、撤退、いや退却した。日中戦争始まって以来の敗北だ」

「これで、日本軍は、戦争を中止しますね」

古賀が、いうと、石原は、笑った。

「逆だよ。軍人、特に日本の軍人は、逆に考えるんだ。今回の敗北の原因は、部下が命令を守らなかったからだとか、天候のせいだとか理屈をつけて、辞職をせず、部隊を増員して汚名をそそぐために、再攻撃し、深みにはまっていくんだ。眼に見えてる。日中戦争は終らず、次々に、兵士をつぎ込んでいくことになる」

「その結果、どうなるんですか？」

「ソビエト軍が、満ソ国境を侵して、満州国に、攻め込んでくる。現在、国境で対峙するソビエト軍は、兵力で三倍、飛行機も三倍、戦車五倍、車両十倍だ。日本軍が、中国戦線から抜け出せないとわかれば、ソ連軍は、間違いなく、満ソ国境を侵してくる。それが、今の大本営には、わかっていない」

「そうなるのを防ぐ時間の余裕はあるのか？」

と、叔父が、きいた。

「無いね」

石原は、斬り捨てるように、いった。

「全くないのか？」

「方面軍の司令官と、方面軍参謀は、今頃、報復のための作戦計画を立て、大本営に増兵を要求しているだろう。一週間後に、作戦が始まる。だから最大でも一週間だ」

「一週間で戦争中止ですか？　無理ですよ」

と、古賀が、いった。

「君だって、戦争を止めさせたいんだろう？」

「戦争を止めなければ、東京オリンピックは開催できません」

「それなら、私に協力しろ」

石原は、強い眼で、古賀を見た。

「私たち二人で、何が出来るんですか？」

「私は、一人で、満州国を創った」

と、石原は、いった。

「それに、二人ではなく、三人だ」

「どうするんですか？」

「関係者全員を説得している時間はない。従って、一人にしぼる」

「誰ですか？」

「日本陸軍参謀本部参謀総長、閑院宮載仁殿下だ」

と、石原が、いった。

叔父の鈴木が、石原にきいた。

「殿下は、すでに、七十歳を過ぎていらっしゃる筈だろう。確かに、参謀総長だが、われわれのために、動いてくれるのか？　閑院宮殿下のことを、若い秩父宮雍仁親王は、陸軍の長老だが、軍の実体から離れた全くのロボットだと批判されていると聞いている。そんな閑院宮殿下でも、われわれの助けになるか？」

「秩父宮様の批判も知っているが、私にいわせれば、ロボットだから、こんな時には、助けになる。われわれの敵にもなるが、味方にもなるからだ」

石原の言葉は、自信に満ちていた。

「そういえば、石原さんは、閑院宮参謀総長を使って、宇垣一成陸軍大将が、首相になることを阻止されましたね。あれは、見事でした」

と、古賀がいった。

「あの時は、軍縮を叫ぶ宇垣大将を、何としても、首相にしたくなかったからだ。あれは成功した。閑院宮殿下が、自分の考えを持たないロボットだから成功したんだ」

「なるほど。石原さんから見れば、ロボットの方が、仕事をしやすいということですか」

「今回は、それだけじゃない」

「他に何がある？」

と、叔父が、きいた。

今度は、古賀は、石原の答えを待った。石原に会って、話をして、まだ時間は短い。が、石原の考えに魅了されていた。その切れ味と同時に、その矛盾にである。平気で矛盾したことを口にする。それも自信満々にである。

「閑院宮殿下が参謀総長になった時、天皇陛下は大いに期待されていたんだ。殿下の力で二・二六の時も抑えられると陛下は考えたし、満州事変の拡大も止められると思われた。しかし二・二六の時も閑院宮殿下はほとんど動かなかったし、満州事変の時も陸軍に引きずられていて、陛下は叱責された。閑院宮殿下にしてみれば、何とかしてその失敗を取り返したい。もし、閑院宮殿下が現在の日中戦争を止められれば、陛下は喜ばれるはずだ。何とかして陛下の意志に応えたい。閑院宮殿下はそう考えておられるはずだよ。その点では私たちと閑院宮殿下の希望は同じなんだ。だからこれから私は殿下に会って、何とかして日中戦争を止める為の運動を始めようと思っている。殿下も、賛同される筈だ。それに、まだ東京の参謀本部にも私の考えに賛同している若手の将校が何人か残っている。彼らも、このまま日中戦争を続けていたら日本は、ソビエトにもアメリカにも勝てなくなると言っている。これから世界戦争が始まる、ヒトラーとムッソリーニという独裁者が出て来て、次の世界大戦が近付いていると私は思っている。その戦争に備えなければならないのに、日中戦争をやっている時間は無いんだ。その事をわかっている若手の将校も、今言ったように何人かいるからね。彼らの力を借りて、そして閑院宮殿下の名前を使って日本政府と陸軍の目標を、和平交渉の方向に持っていかないと、日本は破滅する」

石原のいい方は、いつも断定的だ。

それは、魅力的だが、聞く人間の反撥を招きかねない。だから、古賀が、いった。

「破滅というのは、少しばかり大袈裟じゃありませんか？」

だが、石原は、一瞬、古賀を睨んだだけで、

「君は誰の力を借りたいんだ？」

次の質問に移ってしまった。

「私は、荒木貞夫さんを考えています」

「何故、荒木貞夫なんだ？」

「現在、陸相を辞めて、内閣参議になっていますが、内閣の中で、彼一人だけ、変らずに東京オリンピックに賛成しているからですよ。それに、今も、若者に人気があるし、話も上手い。石原さんは、彼が、コチコチの皇道派だから、嫌いですか？」

「私は、皇道派でも、統制派でもないよ。それに、荒木大将は、嫌いじゃない。君が、上手く荒木貞夫を利用できれば、文句はない」

石原が、あっさり肯（うなず）いてくれたので、古賀は、ひとまず、ほっとした。

その間に、気短かな石原は、さっさと、満州国の方に話題を移していた。

「今の満州国は、私が考え、あこがれる満州国じゃない。日本の植民地にしては、いけないんだ。五族協和の王道楽土にする。その上、完全な独立国になれば、蔣介石も、満州国を承認しないまでも、黙認してくれるだろう。そうなれば、日本は中国と、手を握れるんだ。十年後に、中国に返すと約束をしてもいい。日本は中国と手を結び、アジアブロックを形成して、アメリカブロックと戦うことになってもいい」

石原の最終戦争論である。

古賀の顔が、自然に笑顔になる。叔父の鈴木から、石原が、「満州国内面指導の撤回」の要望書を、植田軍司令官に提出するつもりであることを聞いたのを思い出して、

「植田軍司令官への要望書は、もう出しましたか？」

と、きいてみた。

石原が、笑った。苦笑に近い。

「まだだが、出したところで、結果は、わかっている。あいつも、東條も、歴史を知らないからな」

「それで、どうなるんですか？」

「日本は敗北し、満州国は消える」

と、はっきりと、断定したあと、

「愚痴をこぼしていても仕方がない。今からわれわれの戦争を始めるぞ」

と、いった。

3

閑院宮は、熱海の陸軍病院に入院中だった。

石原莞爾は、見舞いに、訪れた。

海の見える、特別個室だった。

すでに七十歳を過ぎて、髪もひげも、白くなっているが、意外に、元気だった。

「今日は、ご病気と聞いて、満州からお見舞いに参上しました」

石原は、笑顔で、いった。

「ありがとう」

と、返したものの、石原が、自分を見舞いに来た理由がわからず、閑院宮は、戸惑っていた。石原の口の悪さは、評判だからだ。

「そろそろ、引退されたらどうですか？」

と、石原は、やはり、まったく遠慮がなかった。

「私もそれを考えてはいるが、辞められなくてね」

「みんなが、殿下を、利用したいからですよ」

閑院宮は、苦笑した。

「それは、よくわかっている」

「先手を打って、お辞めになった方がいい」

と、石原は、いってから、

「しかし、天皇陛下は、殿下を頼りに思われています。陛下が、喜ばれることを、殿下が決断し、実行してから、お辞めになれば、歴史にお名前が残ります」

「そんなことが出来るかね？」

「天皇陛下は、平和を希望されています。中国との戦争は望まれていない。そのことは、殿下も、よくご存知の筈です。明治天皇も、大正天皇も、今上陛下も、揃って、平和を望んでおられます。それなのに近衛首相も、陸海軍も、日中戦争をやめるどころか拡大しています。陛下のご意志は、平和だとわかっているのにです。不忠の極みです。殿下は陸軍参謀総長です。表向き殿下の命令に逆らう者はおりません。その力を使って、日中間を和平に持っていく。和平をかち取られたあと、参謀総長を辞められたら、天皇陛下も、喜ばれるし、国民も大喜びします。それが出来るのは、殿下だけです。決心されれば、私は、殿下をお助けする。どうですか？　冒険してみませんか？」

「しかし、国民は、この戦争を喜んでいるんじゃないのかね？　南京占領の時も、街中、提灯(ちょうちん)行列で、大さわぎだったたじゃないか」

「その通りです。しかし、国民は疲れています。それ以上に疲れているのは前線の兵士たちです」

石原は、連戦で兵士が疲れ、帰国願望が広がっている。その為に連隊長クラスが何人も戦死していると告げた。

「これは、悪い兆候です。兵士の志気が劣え、規律は弛緩して、兵士たちは暴行を働きます。意味も無く中国人を殺したり虐めたりします。そうなればアジアは破滅してしまいますよ。これから世界戦争が始まるかもしれない、そういう時にアジアの二つの強国、日本と中国とが戦争をしていたらどうなりますか。日本一国では世界に立ち向かえませんからね。アジアが滅びてしまう。そうならないように陛下も望んでおられますから、どうですか。乾坤一擲、陸軍参謀総長の肩書を使って、戦争を止めさせましょう。出来ない事はありません」

と、石原が励ました。

「どうしたらいい？」

と、閑院宮がいう。

「陛下にお会いしたいと思えばお会いできますか？」

「お願いすれば会って頂けると思うが、歓迎はされないよ。陛下は私をあまり信用しておられないから」

「それは、今まで殿下が陸軍の言いなりになっておられたからです。日中戦争を止める為、と言えば陛下は喜んでお会いになりますよ。そして陛下にお願いするんです」

「何を？」

「急きょ大本営会議を開いて頂きたい。陸軍と海軍のお偉方を招いて、大本営会議を開くんです。そして、陛下からこのままでは日中戦争は拡大する、何とかして国民政府と和解するようにと提言していただくようにお願いするんです」

と、石原がいった。

「陛下がそうおっしゃったら、陸海軍は引くかね」

「一月十六日に近衛首相は、国民政府を対手とせずと言明されたが、私が聞いた所では、首相自身あの言葉を後悔しているらしいですからね。それに、陸軍は日中戦争について大きな収穫が摑めずに困っていますし、海軍は元々中国との戦争には興味がありません。陛下が戦争を止めるようにと言われ、陸軍参謀総長の殿下が陸軍に対して戦争を早く止めるように強く言明されれば、いやでも陸軍は動きます」

「それだけでは、陸軍は止めないだろう」

「ですから、外国の力を借りるんです」

「外国と言ったって、どの国の事だね。イギリスかね？」

「イギリスは駄目です。ドイツ一国を持て余しています。フランスもそうです」

「それではドイツのヒトラーかね」

「独裁者だから国を動かせはするでしょうが、ドイツ国家そのものには、世界を相手に戦える程の力はありません。イタリアのムッソリーニも同じです」

「それではどこの国の力を借りるんだ？」

「アメリカですよ。アメリカは強大です。これは、海軍が一番よく知っていると思いますね。殿下だってアメリカの底力をよく知っておられるじゃありませんか。近代戦に必要な石油だってアメリカに押さえられているし、武器を作る鉄だって殆どをアメリカから買っている。それに幸いなのは日本国民がアメリカに対して悪感情を持っていない事です。日露戦争でもアメリカが調停にあたってくれましたし、アメリカが日本の国債を買ってくれたから、日露戦争を戦えたんです。今のところアメリカは、イギリスやソビエトあるいはドイツのように、日中戦争に介入していません。それからこれは、東京市の秘書課員でオリンピックの宣伝担当に聞いたのですが、アメリカのオリンピック委員は今でも東京オリンピックに賛成してくれているそうです。ですから、アメリカの力を借りましょう。アメリカも日中戦争に反対している。これははっきりしています。今まではドイツに調停を頼んでいましたが、これからはアメリカに頼む。それが出来れば日中戦争を止められるかもしれません」

石原がいった。

ここまで言ってもまだ迷っている閑院宮に対して、石原は、

「繰り返しますが、殿下も、天皇陛下に喜ばれる事を一つおやりになってから参謀総長をお辞めになったら、殿下のお名前は間違いなく歴史に残りますよ」

と断固とした口調でいった。

次に石原は古賀に会った。もちろんその時は叔父の鈴木も同席している。石原は酒は飲まない。帝国ホテルのロビーでの話し合いだった。

「アメリカのオリンピック委員のブランデージというのは偉いのか？」

と、いきなり、きく。

「長い間オリンピック委員をしているのですから、信用はあると思います」

「ブランデージは、今も、東京オリンピックに賛成だそうだね？」

「そうです。アメリカでは、日中戦争を続ける日本に対して、東京オリンピックのボイコット運動も盛んですが、ブランデージのように、賛成する人もいるんです」

「何故かな？」

「多分、嘉納治五郎さんの粘り強い説得のおかげだと思います。とにかく、あの熱心さには頭が下ります」

「彼は、何故、アメリカ人の間に人気があるのかね？」

「多分、彼が信奉している『武士道』のおかげだと思います。前の大統領も愛読者だったといわれますから」

「今の大統領も、『武士道』を読んでいるかな？」

「わかりませんが」

「君は、アメリカに行って、嘉納治五郎の手伝いをするそうだね？」

「今月末に、渡米する予定です」

「それなら、『武士道』を好きなアメリカ人、特に、政治家を見つけたらいいだろう。彼らに『武士道』の国日本のオリンピックの実行を助けてくれといってくれないか」

と、石原は、いった。

「私の他にも、オリンピックの宣伝担当がいますから、一緒に、アメリカへ行って貰うことにします」

「それがいい。ところで、アメリカに行く前に何かしておきたいことがあるのか？」

「奈良県の十津川村に行ってみたいと思います」

「荒木貞夫の件だな」

「何故、彼が、しばしば、十津川村を訪れているのか。その理由を知りたいのです。荒木貞夫さんに、協力を頼むためにも、必要な気がするのです」

「わかった。明日から始める。時間がないからね。とにかく急ぐんだ！」

と、石原は、古賀を、脅した。

古賀は、少し、むかっとして、

「石原さんの方は、大丈夫なんですか？」

と、逆に、きいた。

「大丈夫だ」

と、石原は、微笑した。

「自信満々ですね」

「閑院宮殿下ひとりを、説得するのは、簡単だと思っている」

小さく笑ったあと、石原は、急に、顔をゆがめた。

古賀は、叔父から、石原の病気について聞いたことを、思い出した。

石原は、誰に対しても傍若無人。相手が上司でも、気に入らなければ、怒鳴りつける。

「だが、石原という男は、いつも、持病に苦しんでいる。膀胱結石という病気で、時には、血尿が続くらしい。それを隠すため、それに負けまいとして、誰に対しても高飛車に出る。今度も私は、彼が途中で倒れないことを祈っている」

と、叔父は、いった。

第三章　古賀、アメリカへ向う

1

十津川村は、山と谷ばかりで平地がなく、米が穫れない。
米の石高が全ての基礎だった江戸時代。十津川は、天領にされていた。
そんな十津川村が、大さわぎになっている。村のいたるところに、貼紙があって、
「皇国の英雄　荒木貞夫陸軍大将閣下　大講演会」
の文字が、躍っているのだ。
十津川村に、荒木は度々訪れ、講演している。自分の皇国への至誠の本は、十津川

村にあるというのが、いつも講演の基本だった。

その言葉に嘘はなかったと思える。十津川の人々は、十津川郷士と呼ばれるが、昔から勤皇の志が強かった。自分たちの祖先は、神武天皇の東征の道案内をした八咫烏だと信じ、幕末には、勤皇の思いが強すぎて、タイミング悪く討幕の軍を起こしたため、一時、賊軍の汚名を着せられてしまっている。

日本陸軍で、皇道派のリーダーの荒木は、十津川郷士の素朴な尊皇精神に共感するところが多かったのだろう。

二・二六事件の参加者の殆どが、皇道派の若手の将校たちだった。そのため、皇道派は力を失い、反乱軍に同情的な態度をとった荒木も、予備役に編入された。現在は、東條英機たち統制派の天下である。

それでも、荒木の講演は、現在の陸軍主流を痛烈に批判して、喝采を浴びた。

講演を終えて、控室に戻ると、若者が待っていた。秘書が、名刺を見せて、

「この方が、お話ししたいことがあるそうです」

という。名刺には、「東京市役所　秘書課・東京オリンピック宣伝担当　古賀大二郎」と、あった。名刺を交換したあと、

「市長からの伝言をお伝えします。再三にわたり、東京オリンピック開催を支持して

下さったことを感謝致します。これが、市長からの言葉です」

　と、古賀が、いった。

「日本国民としては当然だ。わざわざ、伝えに来なくてもいい。手紙ですむことだ」

「もう一つ、お話があります」

「大事な話だろうね？」

「日本の将来についてのお話です」

「それなら聞こう」

　と、荒木は、腰を下して、古賀を見た。

「実は、ある方から、閣下あての手紙を預って参りました。緊急の問題について、ぜひ、閣下のご協力を得たいという内容ですが、こちらの名前を知れば、読む前に、拒否される恐れがあると、いわれています。失礼ですが、そうした人物に心当りが、おありですか？」

　と、古賀が、きく。

「もちろん、敵は多い。その中の一人かね？」

「かも知れません」

「いいから名前をいい給(たま)え」

「関東軍参謀副長、石原莞爾少将です」

「石原莞爾か」

それなり、荒木は、黙っている。

(これは、駄目だな)

と、古賀は、感じた。

二人の確執については、石原から話を聞いていた。

二・二六の時、テロ行為に走った若手の将校たちに対して、陸軍大将の荒木は、それを鎮圧すべき立場にいたのだが、血気にはやった皇道派の若い将校たちを、抑えきれなかった。

それを見咎めた石原莞爾が、荒木を怒鳴りつけたというのである。「あんたのような陸軍大将がいるから、こんな事件が起きるのだ」と。陸軍大将荒木貞夫が、面目を失う一瞬だった。

「失礼します」

古賀が、腰を上げかけると、

「まず、手紙を見せなさい。そのために、持ってきたんだろう」

「石原莞爾少将の手紙ですが」

「わかってる」

「腹は立ちませんか？」

「彼も今、かつての栄華を失い、失意のどん底にいるんだろう。そんな男と、ケンカをしても仕方がない。手紙を見せてくれ」

と、荒木が、いった。

古賀は、やっと、石原莞爾の手紙を取り出すことが出来た。

荒木は、受け取った。が、すぐ古賀に突き返して、

「君が、読んでくれ。面倒だ」

（やはり、わだかまりがあるのか）

と、古賀は、思いながら、手紙を開いて、声に出して読んでいった。

石原は天才にありがちな、細かく説明をせず、結論だけを書く癖があるのだが、今回の手紙は懇切丁寧だった。それだけに、読み易い。

「過日は御無礼を働き申しわけありません。全て、日本陸軍のため、皇国のために良かれという双方の気持が、たまたま衝突したものと了承して頂きたい。

目下、何よりも、心配なのは、日中戦争の現況と、日本を囲む世界状況です。日本

陸軍は、現在、中国に対して強硬政策を主張する武藤章（むとうあきら）や東條英機たちが、その中枢にあって、動かしていますが、誠に心細い。そのことは、聡明な閣下も、よくおわかりのことと思います。武藤章たちは、陸軍の力を頼むところが大きく、中国は簡単に打ち負かせるだろう、いわゆる一撃打倒と考えて日中戦争を始めたのだと思います。それがわかっているので、彼等に、対中国戦争の拡大は、絶対に中止せよと忠告したのですが、私の忠告を嘲笑して、兵を進めたのです。その時、彼等は、私が満州事変を引き起こしたのと同じことをやっているだけだと主張しました。

それを聞いた私は絶句しました。彼等が余りにも短絡的で、アジア状勢、ひいては世界状勢に疎（うと）いからです。私が満州事変を起こした時、満州には、匪賊（ひぞく）の地方軍閥しかおりませんでしたし、われわれが、追い払えば、民衆に感謝される存在でしかありませんでした。中国には正規の政府軍はまだ存在せず、米英は、満州に関心を持っていませんでした。

最も警戒すべきは、ソビエト軍でしたが、現在のような勢力ではなく、われわれが動いても、それに乗じて、攻撃して来るとは考えられず、私たちは、全てを計算の上で行動したため成功したのです。現在の内外状勢は、全く違っています。中国国内には、蔣介石（しょうかいせき）の下、正規軍が生れています。米英も、中国に対して関心を持ち、経済及び軍事援助を続けています。最も警戒すべきソ連軍は、満州国の国境にソ連極東軍が展開していますが、私の調べでは、関東軍に対して、兵員、飛行機、戦車など全てについて、三倍から五倍に達しています。

私は、先の大戦後にヨーロッパ視察を五年間にわたって、やってきましたが、次の大戦が起こることは必至だという結論を得ています。日本も、間違いなく、巻き込まれます。この結論については、亡くなった軍務局長の永田鉄山と一致しています。その時、ヨーロッパや米国と、日本一国で戦うことは、無理です。中国と手を組み、アジアの代表となる形でしか、次の大戦を戦うことは出来ないのです。それなのに、中国と戦う、しかも、戦線を拡大する、これ以上の愚挙はありません。私は即刻中止を訴えたのですが、彼等は聞く耳を持たず、それどころか、近衛首相は、蔣介石の国民政府を対手とせずの声明を出しました。武藤章たちは『よし、よし』と快哉を叫んだそうですが、私は、馬鹿なことをしたと思いました。何故なら、首都南京を占領しても、戦争は終らず、更に、戦線が伸びています。閣下も、ご存知と思いますが、戦力は、戦線の距離に反比例します。現在の日本軍の戦線は伸び切り、今や、日本軍と中国軍は、攻守ところを変えています。補給線の伸び切った日本軍は守勢に廻り、中国軍は、攻勢に転じました。武藤章たちは、そのことに気付かないのです。案の定、徐州戦線の台児荘で、日本軍は大敗しました。一刻も早く、中国との戦争は、中止しなければなりません。このまま、戦争を続ければ、間違いなく、日本は破滅です。まず、近衛首相は、蔣介石に対して、土下座をしてでも、和平に応じてくれるように、頼むべきです。第二は、満州国を完全な独立国として、中国と国交を結び、中国の人間と公司を受け入れる。そうすれば、満州国を承認はしないでしょうが、黙認はしてくれるでしょう。第三は、日本軍の中国からの無条件完全撤退です。これを速やかに実行しなければなりません。

現在、日本陸軍の中枢にいる武藤章たちの欠点は、理論派を自任しながら、自分たちの眼でしか世界、特に中国を見ることが出来ないことです。従って、全てを、自分に都合よく見、考えてしまうのです。その点閣下を始め皇道派の方々には、シナ通が多いとお聞きしております。ぜひ、対中戦争を中止し、日本と中国をアジアの代表として、来るべき大戦に備える方向に協力して頂きたい。天皇陛下も、日中戦争には、反対しておられます。

私の最も尊敬する先輩は、乃木将軍です。閣下は、その乃木将軍に似ておられます。

石原莞爾拝

荒木閣下」

長文の石原の手紙を読み終った時、荒木の顔は微笑していた。

「私はシナ通でね」

と、笑顔で、古賀にいった。

「今回の中国戦争には、反対だ。その点で、全力をつくすと、石原君に伝えて欲しい。ところで、君は、これから、何処へ行くのかね？」

「神戸に廻り、サンフランシスコ行の日本丸に乗船します」

「東京オリンピックのためか」

「向うで、孤軍奮闘している嘉納治五郎さんを助けに参ります」

「大変だな」

と、いってから、荒木は、急に、

「サンフランシスコで、私の知人が、ビジネスをやっていてね。スポーツに必要な日本製の運動靴を売っている。その男が君の助けになるかも知れないから、紹介状を書いてあげよう」

と、いい出した。

「運動靴ですか？」

「そうだよ」

「今、日本製の運動靴が、サンフランシスコで、売れるとは思えませんが」

「地下足袋だよ。ジカタビだ！」

と、荒木は、相変らず、機嫌よく笑っている。

「名前は綱田だ。綱田洋介、三十歳」

筆で、さらさらと、紹介状を書いてくれた。

古賀はそれを抱いて、十津川村を後にした。

京都に戻り、そのあと、列車で神戸に向う。

神戸港に着いてみると、サンフランシスコ行の日本丸は、明朝の出港だった。

古賀は、不思議な気持になった。日本は、現在、中国と戦争中である。世界の主要国とも、ケンカ中だ。それなのに、この神戸港から、連日、各国行の船が出ている。

神戸港からだけではない。横浜港、大阪港からもである。

まるで、現代の出島みたいだなと、古賀は思った。

とにかく、世界に対する窓口は開いているのだ。

(これから、何とか東京オリンピックへの道が、開けるかも知れない)

翌朝、アメリカにいる嘉納治五郎宛に、電報を打っておいてから、古賀は、日本丸に乗り込んだ。

2

石原は、人に会うのが好きで、その労をいとわない。

陸軍幼年学校の生徒の時からである。殉死前の乃木希典（まれすけ）邸を訪れたのも、幼年学校生徒の頃である。

静子夫人にすすめられお茶を飲んで、「うまい！」と大声を出して、夫人に喜ばれたりもしている。

だから、アポなしに近衛首相の別荘を訪ねるのも平気だった。

「国民政府を対手とせず」と、勇ましい声明を出したものの、中国軍の抵抗が止まず、日中戦争が長びいて、近衛首相も、あの声明を後悔していると聞いたから、会いに来たのである。

ふと、足を止める。

靴紐を直しながら、後方を確認する。彼の顔に苦笑が浮んだ。が、そのまま歩いて、近衛の山荘の門を叩いた。

近衛は、驚きながらも、笑顔で、石原を迎えた。

近衛も、人好きだった。特に、秀れた人間がである。その点、石原莞爾は、申し分なかった。とにかく、日本陸軍最高の天才である。ただし、上品ではなく、口が悪いと聞いていた。

「この別荘から、九十メートルのところに、特高がいましたよ」

と、いきなり、石原が、いった。

「年齢四十歳代で、背が高く、眼鏡をかけている男ですか。この別荘の絵を描いていませんでしたか？」

近衛が、丁寧な口調で、きき返す。

「ああ、描いていましたよ」

「この別荘は人気があるらしく、もう一人、ベレー帽をかぶった二十代の若い男が、描いていますよ」

「私が気がついたのは、ひとりだけですが」

「交代で、絵を描いているんですよ。うちの女中が、時々、飲み物を届けています。二人ともなかなか、上手だそうです」

と、近衛は、微笑する。全てわかっているという顔だった。

石原も笑顔になって、

「一月十六日の声明を、御自分でも後悔されていますね」

と、いう。

近衛は、笑いを消して、

「実は、陛下に叱られました」

「陛下は、何と、おっしゃったんですか？」

「私の時代は、平和でありたい。何気ない調子で、呟かれたので、余計に応えました」

「それで、陸軍に申し入れをされたんですか？」

「一応、陸軍大臣には、要望しました。考えると、いって貰えたのですが、問題は、参謀本部と参謀総長です」

「武藤章や東條英機たちの若手と、閑院宮総長ですか」

「武藤章たちは、中国軍の粘り強さに戸惑いながらも、一撃勝利の期待は捨てず、私の希望に対して、『あの声明をもうお忘れですか』と、嘲笑いましたよ」

「閑院宮殿下の方は、どうでした？　少しは、日中戦争の中止に賛成されたんじゃありませんか？」

「私は、正直、閑院宮殿下が苦手です。何しろ、皇族ですからね。陸軍大臣も、宮様には反対しにくくて困るといっています。海軍も、軍令部総長が、皇族の伏見宮殿下なので、反対しにくいといってるようですね」

「閑院宮殿下にお会いになる予定はありますか？」

と、石原が、きいた。

「一月十六日の私の声明の再確認ということなら、宮様は、参謀総長だから会って下さると思います」

「それなら、一刻も早く会って頂きたい。その時に、ぜひ、私も同席させて頂きたいのです」

「閑院宮殿下に、どんな用件ですか？」

「前に一度、お会いしているのです。その時に、肝心なことを言い忘れてしまって、そのことが、ずっと心に引っ掛っております」

「それなら、私が仲介するよりも、石原さんが個人的に手紙を出すなりされたら、いかがですか？」

「それが、直接、お会いして、お伝えしたいことなのです。それに、お忙しくて、なかなかお会い出来ません」

これは、半ば本当だった。最近、石原を煙たく思ってか、なかなか会えないのである。

近衛は、細かいことを聞かず、閑院宮と会う約束を取りつけると、いった。

そのあと食事が出て、雑談になった。

近衛は、国民に期待されて、首相になった。

第一次近衛内閣である。新鮮だった。国民も、軍部も、経済界も期待をかけた。

ただ、その期待は全て同じではない。

天皇の期待。

国民の期待。

軍部の期待。

経済界の期待。

世界の期待。

その中のどの期待に応えようと思っているのか？

食事をしながら、おしゃべりをしながら、石原は、それを知ろうとした。

近衛文麿という男の政治理念と、実行力をである。

石原が同じ軍人として、現在の将軍たちを軽蔑するのは、教養の無さ、理念の無さだった。

長老の将軍ばかりでなく、陸大を優秀な成績で卒業し、陸軍の中枢を占める若い将校たちも、同じなのだ。その代表が、東條英機だった。

現在関東軍での上司だが、東條の欠点は、戦術を考えるが、戦争を考えないことである。戦争を考えるには、教養と理念が必要だ。東條が出来ないのは、その二つが欠けているからである。戦術だけで、それも、結論が、精神力では、兵士の考えである。だから、石原は、東條上等兵と呼ぶ。

その点、近衛は、申し分なく、教養と理念を持っている。日本からではなく、世界から日本を見る余裕と、歴史観もある。

その点は、頼むに足る。

問題は、実行力だった。

それを試す手紙を、石原は、用意してきた。言葉でいわず、わざと、書簡にしたのは、あとになって、証拠にしたかったからである。

石原は、帰りしなに、用意してきた手紙を渡していった。

「これには、私の信念と、総理へのお願いが書いてあります。眼を通されて、ご返事を頂きたい」

「わかりました」

と、近衛は肯いた。

石原は、手紙の中に、四ケ条の要請を書きつけた。

一、中国との戦争を直ちに中止する。続ければ結果的に世界を敵に回して、日本は破滅する。

一、総理自ら天皇の特使として中国に行き、蔣介石主席と会談し、和平を実現する。

一、日本軍の中国からの完全撤退を約束し、何の要求も出さない。蔣主席は、日本の陸士とも関りがあり、親しくしているが、立派な人物で信頼できる。

一、その代りに、満州国を完全な独立国として、日本は、全く手を引き中国が満州国と国交を結ぶことに異を唱えない。中国とソ連の間に、独立国満州を置くことで、中国にとっても、ソ連の脅威が緩和する筈である。

最後に、署名して、わざと、血判を押しておいた。血判などというハッタリは、石原自身、もっとも軽蔑することなのだが、近衛のような教養人には逆に力があると、考えたのである。

四ケ条の注文が簡単に実行されるとは、石原も思っていなかった。

障害が多く、中でも一番の障害は陸軍だったからである。

三日目に、近衛の秘書から連絡があったが、手紙への返事ではなくて、閑院宮に会える約束を取りつけたという連絡だった。

「ただ、閑院宮殿下は、身体が優れず、現在軽井沢の別荘で静養中とのことで、そちらへ行っていただかなければなりません」

と、近衛の秘書が、いった。

予想していたことなので、石原は了承した。

「もう一つ、総理は他に約束があり、ご同行できません」

「それも、了承しました」

と、石原は、あっさり受け取った。近衛には、手紙の方を、実行して貰えれば良かったからである。

石原は、上司の東條には、断ることもなく、軽井沢に向った。東條自身、ここにきて、関東軍参謀から、東京の参謀本部に移ろうと、しきりに運動していて、関東軍に落ち着いていなかったのだ。

軽井沢の別荘で、出迎えた閑院宮は、石原がひとりで来たことに、戸惑っていた。

「近衛総理が、一緒だと思っていたのだがね」

と、いう。

「総理は、政務で、お忙しいようです」

と、石原は、続けて、

「今日、お伺いしたのは――」

「わかっている。私も、湯浅内府に頼んであるのだが、陛下もお忙しくてね。なかなか、拝謁の機会がないのだ」

「わかっています。今日は、別の件で、お話をしたくて伺いました」

と、石原がいっても、閑院宮はそれには返事をせず、

「とにかく、君のために、美味いウイスキーを用意した。皇国日本の将来を祝して、乾杯しようじゃないか」

と、奥に誘った。

君のためにというのは、明らかに嘘だろう。近衛のために用意したウイスキーに違いないのだ。

「私は、酒は飲みません」

と、石原は、遠慮なくいった。閑院宮は、また戸惑いを見せて、

「日本の軍人にしては珍しいな」

「酒を飲み、酔っている時間が、もったいないのです」

石原は、味もそっけもない返事をした。

「美味いものも、用意してある。満州から特別に送らせたキャビアもある。食事をしながらの話もいいものだよ」

と、閑院宮は、いう。

テーブルに着く。満州から特別に送らせたというご馳走が運ばれてくる。

石原は、そのうちに、関東軍からも、追われるだろうと覚悟していた。満州国の完全独立、満州の合衆国化が、石原の願いだったが、あくまでも、日本の植民地化を狙う、関東軍の植田謙吉司令官や、東條参謀長と意見が、合わないからである。

追われるまでの間に、石原は、満州の完全独立、そのための工業化、独自の産業の育成などを推し進めるつもりだった。

満州独自のキャビア産業の育成も、その一つだった。しかし、今回の贈り主は、東條だろうと、石原は思った。陸軍中央へ栄転するためのプレゼントか。

石原は、キャビアには手を出さず、

「今日は、ご子息の春仁王の宮のことで、ご相談に来ました」

と、いった。

閑院宮は、虚を突かれた表情で、

「春仁王の話？」

と、呟いた。

「そうです。去年の十一月に、日露戦争以来の陸軍皇族の出征ということで、北支那方面軍参謀として出征されましたね」

「閑院宮家としては、誠に名誉なことと受け取っている。春仁王も、同じ気持で、勇躍、出征した」

「それが表向きの動きであること、閑院宮様も、よくおわかりの筈です。皇族の出征の上に、ご尊父は、現職の陸軍参謀総長ですからね。方面軍司令官の寺内寿一大将以下が、気を使うこと、この上なしと報じられています」

「そうした特別扱いは、困る。寺内大将には、伝えたし、本人も、連隊長を通じて、同じ心情を、寺内大将に伝えている」

「そのことは、聞いています。しかし、現地では宮様を戦死させては大変と、後方勤務に廻したといわれています。一つの連隊の中隊長としての任務、これなら、何の問題も起きないだろうと」

「そうした特別扱いに、息子は、腹を立てていた。自分が、中国に派遣されたのは、戦うためだといってたよ」

「それが、当り前のお気持だと思いますが、現地の司令官にとっては、皇族の若宮様を、危険な前線に行かせることは、とても出来ないのも当然だと思います。ところが、若宮様の宿営地に、賊が入り、あろうことか、天皇陛下より拝領の短剣など五品が、盗まれました。丁度、この日が神武天皇祭ということで、現地司令官などから、お祝いの酒が贈られ、それを中隊で飲んだため、全員が熟睡し、賊の侵入に気付かなかったと、いわれます」

「その件については、他の中隊で起きた事件と聞いている。盗まれたものもないと」

と、閑院宮が、いう。

「それは、司令官たちが、工作したことです。盗難にあわなかった別の中隊の事件にしたのですから、何も盗まれなかったのは、当然なのです。ところが、正義感の強い若宮様は、責任を他に転嫁することは出来ない。盗難事件が起きたのは、自分の中隊であると、発言されたのです」

「そのことは、聞いていないが」

「現地司令官の配慮だと思いますが、困ったことに若宮様の中隊の中隊長付きの下士官が、若宮様を守ろうと、当日の警備は、自分の担当だから、責任は、全て自分にあるとして、自死を図りました。幸い、助かりましたが、現地では、その収拾に追われています」

「その後、私には、何の報告もないが」

「それも閑院宮様を心配させまいとする現地の司令官たちの配慮だと思います」

「どうしたらいいのかね？」

と、閑院宮が、きく。

完全に、気弱くなっていた。

「これは、現地だけで、解決できることではありません。陸軍中央の事件でもあるからです」

「そうだ。私は、参謀総長であり、春仁王の父親でもある」

「そうです。だからといって、宮様が表に出ると、不必要な噂を生む恐れがあります。私は、現在、参謀本部を外れていますが、優秀な同僚が今も数人、参謀本部の要職についています。彼等が協力すれば、今回の事件を、誰も傷つけずに解決できる自信があります」

と、石原が、いった。石原の断定的な言葉の力には、定評があった。

「お願いしたいが、代償は何かね？」

と、閑院宮がきいた。

「現在、日本軍は、中国で苦戦しています。大義のない戦争だからです。よって、直ちに戦争を中止し、和平交渉に入る必要があります。それをさまたげる一つが、陸、海軍の中枢の、それも、最高の地位、参謀総長と、軍令部総長に皇族がつかれ、どちらも、日中戦争の拡大を支持されていることです。皇族の方には、軍人は反対できません。そこで、陸軍参謀総長の閑院宮様には、日中戦争に反対の声明を出して頂きたいのです。そして、速やかに、和平交渉に入ると発表されたら事態は一変します。天皇陛下も国民も、和平を望んでいますし、陸軍の中にも、本音は、和平という者が多いことも、私は知っています」

「それで、事態は、どうなるのかね？」

と、閑院宮が、きく。

「平和が訪れ、日本は、世界の孤児ではなくなります」

「他には？」

「陛下から、ご下問があります」

「そうか。こちらからお願いしなくても、陛下から、会って下さることになるか」

「陛下も平和を望んでおられますから、笑顔でのご下問と思います」

「それなら、さっそく、湯浅倉平内府と、将来の内大臣とされる木戸幸一文部大臣に連絡しよう」

と、閑院宮が、笑顔でいう。

「木戸幸一ですか？」

「謹厳実直な人物だよ」

「それは、知っています。確かに陛下の信頼も厚いようですが、東條英機が接近していることもわかりました。陛下と誰が会っているか、残らず、報告しているらしく、特に、反東條的な人間は、木戸大臣を通じて陛下と会ったとたんに、東條グループの特高に尾行されたり、取調べを受けることになります」

と、石原がいった。

「それで、思い当ることがある。前に君に会ったあと、木戸大臣に会って、陛下のご都合を聞いてくれと頼んだ。その直後だよ、急に、何者かに尾行されるようになった。これからは、あまり信用しないようにしよう」

と、閑院宮が、いった。

3

古賀を乗せた一万八千トンの日本丸は、ようやく、サンフランシスコに到着した。

埠頭には、嘉納治五郎が、迎えに来ていた。

古賀は、嘉納を見る度に不思議な気がする。身長は百六十センチに満たない。決して強そうにも見えない。その小男が、客船の上で、大男のロシア士官に戦いを挑まれ、投げ飛ばしただけではなく、倒れるロシア男が頭を打たないように、さっと手を差し出して、頭を支えたというのは、有名な話である。

その嘉納は、今、ＩＯＣ委員として、世界中を飛び廻り、東京オリンピックの開催実現に苦闘しているのだ。

そのためか、自慢の口ひげが白くなっている。

握手を交わしてから、

「手応えは、いかがですか？」

と、古賀は、きいた。

「私は、大丈夫と思っている」

嘉納が、微笑した。それは、いつもの微笑だった。車のところまで案内され、シボレーで、ホテルまで、案内して貰う。運転してくれたのは、嘉納本人である。

日系アメリカ人経営のホテルで、ロビーには、東京オリンピックの宣伝ポスターが、数種類貼られていた。

八咫烏を手に止まらせた神武天皇像で、背景に富士山が描かれている。皇紀二千六百年の意味を色濃く出した絵柄も中にはあった。

「日本を出る直前、荒木元陸相に会ってきました。彼は、今も、東京オリンピックを支持して下さるので、そのお礼に伺ったんです。その時サンフランシスコに行くといったら、荒木さんが力になりそうな人を紹介してくれました。サンフランシスコでビジネスをやってる日本人で、名前は、綱田洋介。なんでも、日本の地下足袋を、東京オリンピックで、正式にスポーツ・シューズとして、使えるようにしたいと、運動しているそうなんですが」

古賀が、いうと、嘉納は、ニッコリして、

「綱田さんなら知ってる。サンフランシスコじゃ有名人だからね」

「有名人ですか？」

「妙なスポーツ・シューズを売りに来た日本人ということで、有名でね」

「地下足袋でしょう？」

「そうだよ」

「私は、地下足袋という名前は知ってるんですが、実物を見たことも、使ったこともないんです。昔から、あったものなんですか？」

「明治時代にはすでに、木綿の足袋にゴム底を縫いつけたものが、特許になっているが、大量生産が出来なかった。それを一九二二年に石橋兄弟、今のブリヂストンが、アメリカのズック靴にヒントを得て、ゴム底を糊づけする方法で、大量生産に成功して、今の地下足袋が出来たといわれる。今、日本では、農業、林業、鉱山などで使われるものは、ほとんど、この地下足袋だよ。綱田さんは、その地下足袋を日本のスポーツ・シューズとして、売り込もうとしているんだ」

「売れそうですか？」

「アメリカ人は、興味を示している。忍者のシューズといってね。ただ、オリンピックで使用するかどうかとなると、二の足を踏んでるみたいだね」

「綱田さんというのは、どういう人なんですか？」

「先祖は、徳川幕府の旗本だったらしい。その中には、外国奉行として、横浜や下田で外国と交渉に当った者もいたと聞いている」

「われわれに協力して、東京オリンピックの宣伝に当ってくれるでしょうか？」

「それは、喜んでやってくれると思うよ。東京オリンピックで、選手たちに、地下足袋をはかせたがっているんだから」

と、嘉納は、いった。

その日の夜、嘉納が、市内にあるツナダオフィスに古賀を案内してくれた。

ジャパニーズ・スポーツ・シューズの看板が出ていた。

店内の棚にも、地下足袋が並び、店主の綱田洋介は、驚いたことに、武士の恰好で、二人を迎えた。

おまけに大きな挑戦状が、貼りつけてあった。

「日本の地下足袋と、アメリカのスポーツ・シューズのどちらが秀れているか、近くの公園で、走り比べをしたい。自信のあるアメリカ人は、この挑戦を受けて貰いたい。当方に勝利した方には、百ドル進呈。

なお当方は、サムライ姿にて、挑戦に応ずる」

その貼紙には、百ドル札が、ピンで止めてあった。

武士の恰好で、地下足袋をはいた綱田洋介は、オフィスの前で、足踏みをしている。それを、アメリカ人が、珍しそうに、写真に撮ったりしていた。

「やってるね」

嘉納が声をかけると、綱田洋介は、足を止めて、

「ああ嘉納先生」

と、ニッコリした。

「レースの具合は、どうなんですか?」

古賀が、きいた。

「最初の中は、百戦百勝でね。地下足袋の優秀さを大いに広めたんだが、最近は、プロが挑戦して来て、苦戦してますよ」

「この人は、東京市の秘書課、東京オリンピックの宣伝担当の古賀さんだ。君も、力を貸してくれ」

と、嘉納が、いった。

「地下足袋の宣伝にもなりますから、喜んで応援しますよ」

と、綱田は、いってから、

「昨日、試合を申し込んできたアメリカ青年がいましてね。名前は、ヘンリー・R・

Ｒで、私は負けたんですが、彼は、日本と地下足袋に大変興味を示しましてね。一度、十足ばかり足袋を持って、遊びに来ないかと、誘われているんです」

「Ｒ・Ｒというのは、石油で、儲けた富豪の一族じゃありませんか？」

と、古賀が、きいた。

アメリカで、石油事業で、富豪になった一族は多い。Ｒ・Ｒと呼ばれる一族も、その一つだと古賀は、本で、読んだことがあった。

「その通りです。大変な富豪で、一族の中から、副大統領も出している。ＩＯＣ委員も出しています。ただ、現在のＲ・Ｒ石油の会長は、親中国で、日本が、中国と戦争を続けている限り、東京オリンピックには反対だといわれています」

「それなら、尚更、Ｒ・Ｒ家を訪れる必要があるね」

と、嘉納が、続けて、

「私は、戦争とオリンピックは、別だという話をしたい」

「私は、東京市長の命を受けて、日本国内では、あらゆるルートを使って日中戦争を、中止し、和平に向う努力をしていることを伝えたい。Ｒ・Ｒ家はマスコミにも影響力が強いと聞いたことがありますから」

「かなり大きなラジオ局を持っています」

と綱田がいう。

「それなら、尚更R・R家と、関係を持ちたいですね」

と、古賀が、いった。

綱田が、ヘンリー・R・Rと連絡を取って、一週間後に、サンフランシスコの郊外にあるR・R邸に行くことが、決った。

その間、古賀は、アメリカのオリンピック委員会会長のブランデージに、嘉納治五郎と一緒に会った。

東京市長の手紙を渡した。

ブランデージは、相変らず、東京オリンピックを支持すると、いってくれた。

だが、東京市長の招待で、来日した時よりも、疲れているように見えた。

「イギリスやフランスの委員とも、連絡を取っていますが、何とか、東京オリンピックの支持に変りはないものの、条件を付けるようになりました。多くの委員が中国との戦争の中止を条件としているのです。それも、あと六ケ月以内、一年以内と時間を区切っています。フランスの委員の中には、あと一ケ月以内に、日本が中国との戦争を中止しなければ、東京オリンピックには、反対せざるを得ないと、いっている者もいます」

と、彼は、いった。

「一ケ月以内ですか」

「各国のオリンピック委員の多くは、この戦争は、日本の中国に対する侵略だと見ています。アメリカ国内でも、中国に対する同情の声が次第に大きくなっています。侵略国日本に、オリンピックを開催する資格はないという声もあるのです。何故、日本は、中国との戦争を止めようとしないのですか？　戦争の旗印はいったい何ですか？」

と、ブランデージが、きく。

嘉納は、穏やかな口調で、答える。

「お互いの誤解から生れたのが、今次（こんじ）の日中戦争です。従って誤解が消えれば、自然に和平に向うものと思います。両国の政治家も軍部も、さほど愚かではありません」

「君は、どう思うのですか？」

ブランデージが、古賀を見た。古賀は、すぐに返事をしなかった。慎重に考えた。

「天皇陛下も戦争には反対されています」

「それは、大変喜ばしい話です」

と、ブランデージが、いった。

「アメリカの大統領は、代々、日本の皇室に好意を持っていますからね。明治天皇が亡くなられた時、世界で一番初めに弔意を表明したのは、アメリカ大統領でした。次の大正天皇が、即位された時、世界で最初に祝福の電報を送ったのも、アメリカ大統領です」

古賀は、聞いていて、つくづく、世界には、日本の天皇に、好意を持つ人が多いことに、驚くのだ。

悲しいのは、それが、日本という国への信頼につながらないことだった。

石原莞爾に聞いたことがあった。中国国民政府の蔣介石主席は、日本の陸軍士官学校と関りがあり、石原は親しくしてきたという。

『その蔣介石がね、私にいったことがあるんだ。日本の政府も、軍人も信用できない。唯一人信用できるのは、天皇陛下だとね。和平交渉で、蔣介石を日本に呼んだら、陛下に会わせればいいんだよ。蔣介石自身も、和平交渉で、日本に行くことになったら、真っ先に天皇陛下にお会いしたいといっている。それを日本の政府や軍人が邪魔をしているんだ』

今、同じ言葉を、ブランデージから聞かされている。

古賀は、不思議で仕方がない。外国の要人たちは、一様に、日本で信用できるのは、天皇だといっている。憲法や、軍人勅諭によれば、天皇は元首であり、軍隊の最高位の大元帥である。

その天皇は、戦争に反対なのだ。日本の軍隊は天皇の軍隊である。特に最近は、天皇の軍隊即ち、皇軍という言葉が、しきりに使われている。それならば、速やかに、天皇の意を重んじて、中国との戦争を止めるべきではないのか。それなのに、戦火を拡大する方向に力を入れているとしか思えない。「世々天皇の統率し給うところの軍隊」が、天皇の意に反する行動を取っているのである。

その疑問を石原にぶつけたことがあった。石原が笑いながら言った言葉を、古賀は鮮明に覚えている。

『将軍たちが考えているのは、出世だよ。戦争に勝てば、一番出世できる。だから戦争を止めないんだ。それに中国軍は、装備が劣悪だから必ず勝てる。こんなおいしい話を、将軍たちが手放す筈がないね』

と、いったのである。その時、石原は、言葉を続けて、こうもいったのだ。

『今は、中国軍に勝てる。相手が逃げてくれるからだ。だが、その中（うち）に勝てなくなるよ。当然だ。四十万の日本軍がいたって、あの広大な中国を考えれば、一平方キロに、二、三人だよ。兵站（へいたん）線は穴だらけになるし、ゲリラに対して、勝てなくなる。出世のタネどころか、日本軍の重荷になってくる。そうなると、勝てない理由を、アメリカやイギリスが、中国を助けているからだと考える。勝てなければ、自分を反省すべきなのに、他人、他国のせいにする。このままでいけば、日本は世界を相手にして、間違いなく亡国の道を辿る。それを避けるためには、近衛首相にもいったんだが、蔣介石には、何度、頭を下げてもいいから、中国との戦争を止め、軍隊を中国から撤退させるんだ。他に日本を救う道はない』

「ミスター・古賀。どうしたんですか？」

と、ブランデージに声をかけられて、古賀は、

「日本が大変な立場であることは、よくわかりました」

と、あわてて、いった。

ブランデージが、微笑した。が、口を突いて出た言葉は辛辣なものだった。

「私は、天皇を尊敬しているし、日本人も好きだ。だが、その日本人の最大の欠点は、日本の立場からしか世界を見られないことです。遠くアメリカから日本を見ていると、危くて仕方がない。それをわかっているのは、天皇だけで、政府、特に、日本の軍人さんたちは、全くわかっていないことが、不思議でならないのですよ。中国との戦争を続ければ、一日ごとに世界に新しい敵を作っていく。そのことを、知って欲しいと

思います」

と、いったのである。

その五日後、古賀は、嘉納、綱田と郊外の豪邸に住む、ヘンリー・R・Rを訪ねた。

古賀は、あらためて、アメリカの富豪というのは、ケタ外れだと思う。それは、アメリカという国の大きさでもある。石原が、口にしたように、中国が降伏しないのは、アメリカ、イギリスが、背後にいるからだという声が、出始めている。「アメリカ何するものぞ」とか、「日米戦わば」みたいな本が書店に並ぶようになった。

アメリカに来て、祖国を振り返ればその危うさがよくわかる。極東の小国なのだ。石油は殆ど採れずアメリカから買い、鉄も、鉄くずをアメリカから買っている。軍部は、そんなアメリカと、戦えると思っているのだろうか？

「古賀さん」

と、嘉納が、声をかけてきた。

「こちらのヘンリーさんは、この若さで、大統領のアドバイザーをやっているそうだ。優秀なアスリートとして、世界各国で開かれるスポーツ大会に出場しながら、各国の政治、社会状況を大統領に報告している。日本でも、日比谷公園で、世界青年スポーツ大会が行われた時に参加しているそうだ」

「日本は、素晴しい国だし、ミスター・綱田のジャパニーズ・スポーツ・シューズも気に入りました。ヨーロッパには無いもので、爪先に力が入るところが、素晴しいので、取りあえず、百ダース注文し、若いアスリートたちに使って貰い、その反応を知りたいと思います」

と、古賀は、きいた。

「私は、東京市長の秘書として、東京オリンピックの実現のために、嘉納治五郎さんと一緒に動いているんですが、ヘンリーさんは、東京オリンピックに賛成ですか？」

「もちろん、賛成です。アジアで初めてのオリンピックですからね。ぜひ、成功して欲しいと思います。そのことと別に、日本の皆さんに、大統領の伝言をお伝えしたい」

と、ヘンリーが、いう。

「私にも、ぜひ聞かせて下さい」

横から、嘉納が、いった。

「大統領は、炉辺談話（ろへんだんわ）の形で、現在、もっとも注目する国家として、ヨーロッパのドイツと、アジアの日本に言及しました。ドイツは、先の大戦の痛手から見事に立ち直った。このまま成長を続ければ、間違いなく大国の一つになるだろう。しかし、それには、条件がある。それは平和である。平和を守り続ければ、大国の一つに並ぶことは、約束されているが、戦争をしないことが条件である。指導者ヒトラーが、戦争によって、領土拡大を試みようとすれば、約束されるのは、破滅だけである。

同じことは日本についてもいうことができる。アジアの小国日本は、資源は乏しいが、天皇を中心とした国民の勤勉さと努力によって、アジアの大国に近づいている。このまま、平和の中で努力を続ければ、一流の大国になることは、間違いない。しかし、ドイツと同じく、戦争を始めれば、将来は間違いなく、破滅に到るだろう。従って、日中戦争は、直ちに、中止し、中国から速やかに、撤退すべきである。現在の日本は、世界的に見れば、成功と破滅の岐路に立っているのである。これが、昨日の炉辺談話で、大統領が、言及されたことです」

と、ヘンリーが、いった。

「今の大統領の談話を、書面にして貰えませんか」

と、古賀が、続けて、

「それに、大統領のサインを頂ければ、帰国して、日本の政治家や、軍人たちに見せて、日中戦争を和平に持っていくように、説得したいのです」

「わかりました。平和へのお役に立てば、大統領も喜ばれるでしょう」

ヘンリーは、ニッコリしたが、急に、何かを思い出したのか、別室にある電話に走って行った。

数分して戻ってくると、興奮した口調で、

「間もなく、天皇ヒロヒト陛下のお誕生日でしたね？」

と、古賀たちを見る。

「そうです。四月二十九日が、国民の祝日になっています」

「実は、大統領は、どんな親書を送ったらいいか、悩んでおられたんです。それを思い出して、今、電話して、この際、アメリカ大統領から、日本国天皇ヒロヒト陛下に世界の平和を二人で希望する旨を、お誕生祝いにこめられて親書を作られたらどうですかと、サジェスションしました。親書を託すにふさわしい日本人も来ていますと話したところ、すぐ、電文が送られてきました。そこで、炉辺談話とは別に、大統領から、日本国天皇ヒロヒト陛下への親書も、お持ち帰り下さるようお願いしたい」

ヘンリーが示した大統領の親書は、次の通りのものだった。

「親愛なる
日本国天皇ヒロヒト陛下

少し早目のお誕生日のお祝いの手紙を送らせて頂きます。今、世界は、平和と戦争のハザマに立っています。戦争を避け、平和を守る責任は私アメリカ大統領と、日本国天皇ヒロヒト陛下も、持っています。両国が協力して、平和に尽力すれば、世界の平和が取り戻せるものと信じております。

アメリカ大統領」

これで、一通の書面と一通の親書が、用意された。

「帰国したら、必ず、天皇陛下にお渡しします」

三人を代表して、嘉納治五郎が、ヘンリーに、約束した。

古賀が、それに続けて、

「この書面と親書の力で、戦争が終り、平和の中に、東京オリンピックが開催されると期待します」

「私もぜひ、アスリートとして、東京オリンピックに参加したいと思います」

ヘンリーは、「大丈夫ですよ」というように、軽く、古賀の肩を叩いた。

古賀は、大きな勇気を貰った思いだったが、果して、東京オリンピックが、無事開催できるかどうか、まだ、自信は持てなかった。

第四章　オリンピックの期待と不安

1

その頃、日本の新聞は、数週間分が、おくれて、サンフランシスコに届けられていた。

綱田（つなだ）のところにも、当然、同じ形で、日本の新聞が届いていた。

古賀（こが）は、そのおくれた新聞の束を、まとめて、読んだ。一九三八年四月一日から、二十日までの日本の新聞である。

仕事上の必要で、三日分の新聞をまとめて読んだことはあったが、一日から二十日まで順番に眼を通すのは、初めてだった。

新聞をそんな読み方をすると、一日分ずつ毎日読むのとは違う面白さがあった。記事が、つながって、そのおかげで気付くことがあるのだ。

現在、古賀の一番の関心事は、日中戦争と、東京オリンピックである。その戦争を伝える記事にしても、二十日分続けて読んでいると、戦況がよくわかる。

相変らず、日中戦争にからむ記事や写真が多い。逆に、東京オリンピックの記事は、見当らない。

（参ったな）

と思いながら、戦争記事を読んでいると、「台児荘」という活字にぶつかって、眼を光らせた。

日本を出発する直前、石原莞爾から聞いた中国の地名である。その時、石原は、大声でこういったのだ。

「日本軍は、台児荘で中国軍に敗けた。それも大敗した。何十万という中国軍と戦っていれば、いつか大敗することは予想されたんだ」

しかし、日本の新聞は、日本軍が敗れたことを、一行も報道しなかった。それどころか、台児荘という地名さえ、のらなかったのである。あれは、三月下旬の戦闘の筈だった。

それが、四月一日の新聞に出ていたのだ。四月一日だけではない。二日、三日と三日連続でのっていたのだ。

四月一日「凄愴の極、徐州前衛線　台児荘・猛焔の市街戦」

四月二日「一大殲滅戦近し　沂州(ぎしゅう)・台児荘方面の戦況」

四月三日「台児荘東方で激戦　敵十万全滅迫る」

これが、見出しである。

ところが、三日間だけでは、ないのである。

四月五日「皇軍全線にひた押し　敵・台児荘を空襲」

四月六日「敵数万を蹴散らし　凄惨！台児荘の攻略」

四月十日「残敵の放火を目標　敵弾なおも炸裂　勇猛皇軍・台児荘確保」

台児荘は、小さな村でしかない。その村の攻略報道に、六日も紙面が、使われているのである。石原の「中国で、日本軍が大敗した」という言葉を信じざるを得なくなる。もちろん記事のどこにも、日本軍が敗けたとは書いてない。

ただ、苦戦したとは、書かれていた。しかも、記事自体は、日本軍何万と、中国軍何万が、何日の何時何分に、台児荘の何処(どこ)で、どんな戦いを展開し、何人の死傷者が出たかといった具体的な数字は、書かれていない。映画の一シーンのような書き方なのだ。こんな具合である。

「――台児荘の周囲は依然として敵の密集圏にあり、敵の砲弾はなお集中、腹にしみわたる砲声なおも止まず、撃ち合う機銃小銃手榴弾の音がいつまでも耳を刺し、安永、大村部隊の血みどろの奮戦が目に見えるようだ。安永、中川両部隊長はすでに傷つき（中略）、金田、宮川、市村各少尉は、勇士たちは、すでに台児荘の華と散った。この幾日間、飲まず食わずの苦闘の中にも、勇士たちは、士気ますます旺盛、後方から友軍が糧食を運び入れての帰途には勇士たちが、『飯よりも弾をもっと持って来てくれ』とせがむ有様。中平航空部隊が空から投下する糧食、煙草にはすっかり喜んで子供のようにはしゃぎ一本の煙草を幾人ものみあってまた戦闘だ」

これでは、どちらが勝っているのかわからないのだが、結果的に、「皇軍は、敵数万を蹴散らして、台児荘を確保」してしまうのである。

ただ、このあと、急に紙面から、戦争記事が少くなる。表現も、大人しくなるのだ。湿っぽくなってくる。

「靖国神社の春の大祭に、支那事変の死者四千五百三十三柱が合祀される」

という記事が出る。

一日おきぐらいに、戦争写真が、大きくのっていたが、代りに「帝都の惜春譜」というタイトルで都心の遊園地の写真がのった。

古賀が嬉しかったのは、オリンピックの関連記事が久しぶりにのったことだった。

「四月六日、水陸の練習始まる。陸上オリンピック選手が合同練習。好調の村社選手、青年館で。水泳は、東大プール」

こちらは、オリンピックとは、直接関係ないが、同じ四月六日には、こんな記事ものった。

「省電で、クリーム色のオリンピック電車の評判がいいので、五月から、京浜、山手、横須賀、総武、中央で、一編成ずつ走らせることになった」

古賀にすれば、嬉しい記事だった。

あとは、和平が成立し、東京オリンピック開催の可能性が高まることを願うばかりだ。

石原莞爾が、和平に向けて、彼らしく動いていることは知っていたが、それが、果して、効果をあげているか、知りたかった。

だが、はっきりした答えは、新聞には出て来ない。推測するだけである。だから、古賀は新聞記事から、あれこれ、推理した。

戦争記事は、相変らず出ているのだが、その内容が変ってきたと、古賀は感じた。

四月十三日「長沙爆撃」

四月同日「我が荒鷲いよいよ無敵」
四月十六日「長沙空襲・爆弾の雨で蒋介石両脚に重傷か」
四月十七日「広東上空・壮烈な戦闘　敵の優秀十五機撃墜　我が精鋭の偉力発揮」
全て空中戦で、中国の何処を占領したとか、中国軍何万を殲滅したといった記事ではなかった。

日本軍、特に日本陸軍は、地上戦を中止して、空中戦でお茶を濁しているのではないのか。

それを窺わせるような記事が、四月十六日の新聞にのっていたのだ。

「外電」の記事である。

「漢口の住民が空襲博奕
最近、漢口市に住む中国人は、日本軍の空襲があっても逃げようとせず、空襲を賭けにしている。まず、金を出し、日付を書いたクジを引く。その日に日本軍の空襲があれば、その人間の勝ちで、賭金を貰える。空襲が無い日が続くと、賭金は、そのまま積み立てていく」

地上戦闘が無いのは、次の作戦の準備のためなのか、石原莞爾の工作が功を奏して、陸軍部内に、和平の動きがあるのか、古賀は、それを知りたかった。

2

陸軍の中央で、今、ひそかな衝撃が、走っていた。

参謀本部の会食の席で、参謀総長の閑院宮(かんいんのみや)が、何気ない調子で、

「どうかな。支那事変も、予想したようには、一撃では終らなかった。すでに、陸軍三千八百五十五人、海軍六百七十八人が亡くなっている。先日、陛下にお会いしたら、事変が長引くことに、御心痛だった。そろそろ、和平に持っていくべきじゃないかね」

その言葉に、同席した陸軍幹部の武藤章(むとうあきら)がびっくりして、

「近衛(このえ)首相は、国民政府を対手(あいて)とせずと声明を出していますよ」

「実は、総理は、あの声明は失敗だったといわれている。そのことは、君だって知っている筈だよ」

と、閑院宮は、いった。武藤は、きつい眼になって、

「失敗でも、蔣介石を叩き潰せば、失敗は消えます」

「しかし、簡単に消えそうにないね。君は頭がいいが計算違いをしたんじゃないの

か？」

「いえ、計算通りです」

「台児荘の件も計算通りなのかね？」

「あれは、現地指揮官の過信によるミスで、すでに台児荘は占領しています」

「しかし、その後、戦線は動かず、停滞しているね。その間に、中国軍は、黄河の対岸に大軍を集結させていると聞いている」

「今は、政治的な一時停戦です。陸軍大臣や外務大臣の要望によるものです。戦線を動かさず、その間に、中国国内に親日的な政府を作り、その政府と日支事変の終結について交渉すれば、国民政府を対手とせずの近衛声明が生きてくるわけです。すでに中華民国臨時政府が樹立され、行政委員長の王克敏(おうこくびん)氏が、来日されています。総長もお会いになった筈ですが」

「歓迎の席でお会いした」

「どう感じられました？」

「頭のいい人だ。自分の立場がよくわかっているから、こちらの意向に添って行動するだろう」

「それなら、都合がいいじゃありませんか」

「だが、どうしようもない欠点がある。君もわかっている筈だ。中国民衆の間で全く人気が無いことだよ。蔣介石の方は、首都南京から逃げ出したにも拘らず、いぜんとして、中国民衆の支持があり、諸外国も、蔣介石の国民政府を中国を代表する正当な政府と認めている。このままでは、王克敏の中華民国臨時政府は、完全なカイライ政権だ。どんな条約を結ぼうと、何の力もない。和平交渉も意味がない」

閑院宮は、強い口調でいった。

武藤はそのことに驚きの表情になって、

「総長は、どうしたらいいと、お考えですか？」

「中国を代表する政府と和平交渉をする。それだけだ」

「蔣介石に頭を下げるんですか？」

「そんなことは、いっていない」

「それなら、どうやって、国民政府に、和平の意志を伝えるんですか？」

武藤の語調が、だんだん荒くなってくる。

閑院宮は、ニッコリした。

「そこは、東洋の伝心というやつがあるじゃないか。中国人がもっとも得意とするところで、わが国の腹芸というやつだよ」

「これは、戦争ですよ。国家の威信がかかっているんです。腹芸ですむことじゃありません」

「そうして、いきり立つから、総理のように、勢いにまかせて、蔣介石の『国民政府を対手とせず』と声明を出してしまうようなことになるんだよ。ここは、冷静に考えようじゃないか。われわれも、これ以上支那事変の深みにはまりたくないし、中国も戦争をやめたがっている筈だ。われわれが和平の意志表示をすれば、必ず蔣介石は応じてくる」

「下手な和平なら、今回の事変で血を流した四千五百三十三人の英霊が泣きますよ」

と、武藤は、いった。

そこに持っていけば、閑院宮も、黙ってしまうのだが、今日は違っていた。

「それをいったら、中国軍の兵士は、こちらの何倍も死んでいるよ」

と、反論してきたのだ。

いつもの閑院宮ではなかった。

(背後に誰かいる)

と、思ったとたんに、石原莞爾の顔が浮んだ。

「とにかく、私は、総長の考えには同意できません」

と、武藤は席を立った。

3

翌日の新聞に、こんな記事がのった。

「信頼する筋からの情報によれば、陸軍中央はひそかに、日支事変の収束を考えており、その交渉相手は、蔣介石の国民政府である。すでに、ある外国大使を通して接触し、国民政府の反応を見ているという。この情報は、多くの外国政府に歓迎されている」

この記事は、閑院宮自身が、情報源である。小さな記事だが、衝撃を持って迎えられた。

折から、靖国神社の例大祭が近づき、新しく、日中戦争で亡くなった四千五百三十三柱の英霊の名前が、新聞の号外で発表された時だから、なおさらだった。

武藤は、事態の真相を問い詰めようと、閑院宮を探したが、すでに、市ヶ谷の参謀本部を脱出し、軽井沢の別荘に避難して、石原莞爾と会っていた。

「これで、よかったかね？」

と、閑院宮が、きいた。

「結構です。よく決心されましたね」

「私も、参謀総長の職について長いからね。その椅子に疲れたというか、戦争に疲れたというか、少し休みたかったのだ。ああ、息子の春仁王(はるひと)が、内地勤務になったという知らせが入った。君が根廻しをしてくれたんだろう。礼をいう」

「近く陛下から、御下問がありますよ」

「それが気になっている。陛下も、和平を望んでおられる筈だから、私の行動に賛成して下さると思っているのだがね」

「大丈夫です」

「一つ聞きたいことがある」

「どんなことですか?」

「私のやったことは、正しかったのかね?」

「もちろん、正しいことをされました」

「その証拠は?」

と、閑院宮が、きく。

石原は黙って、折りたたんだ新聞を取り出すと、閑院宮の前に広げて見せた。

そこには、次の記事がのっていた。

「満州軍部隊も出動　越境赤軍と交戦　ソ満国境線を越境！」

「ノモンハンです」

と、石原が、いった。

「ソ連軍は本気なのかね？」

「裏面に、本気かどうかを示す外電がのっています」

と、石原が、いった。

「パリ特電」の記事だった。

「外蒙に新鉄道建設を計画　ソ連政府は、極東における防備の第一線は外蒙古にありとし、最近は一般旅客のシベリア鉄道利用を制限し、盛んに軍隊、軍需品の輸送を急いでいるが、今回、イルクーツクからウランバートルに到る鉄道建設の計画を決めている」

「ソ連の目的は、何なのかね？」

「満州における権益の回復です。日露戦争の結果、ソ連は、日本にそれを奪われたと思っていますから、何とかして、日本から取り返そうと考えています」

「それを、今、やろうとしているのかね？」

「日本は、今、中国と戦争を始め、泥沼に落ち込んでいます。ソ連は、それを、絶好のチャンスと見ています。このままでは、間違いなく近く、ソビエト軍が、ノモンハンで、国境を侵してきます。その前に、何とかして、中国との戦争を終らせておきたいのです」

「しかし、満州には、無敵の関東軍がいるだろう。君は、関東軍の参謀だった筈だ」

「今の植田司令官も、東條参謀長も、完全に無能です。国境を挟む関東軍とソ連軍の戦力比が、危機的な数字になっているのに、気付いていません」

「わかった。支那事変を終らせる必要性は、了解した。しかし、もう一つ、心配がある」

「同じ皇族の伏見宮様のことですね」

と、石原は、いった。

「そうだ。現在、海軍軍令部総長で、日露戦争の英雄でもある。あの人は、何事でも守るより攻める方が好きだから、支那事変でも、国民政府との和平には反対の筈だ。中国など叩き潰してしまえという考えだからね」

と、閑院宮は、いう。

「大丈夫です。海軍の関心は中国にはありません。海軍が、いかに呑気なのかを示すものがあります」

石原は、もう一枚の新聞を取り出した。

「また新聞かね」

「海軍の呑気さに笑ってしまいますよ」

と、石原は、その記事を万年筆で囲って見せた。

「懸賞捜査広告

左記魚雷二本八本年一月中東京湾小柴沖ニテ失踪セリ、拾得者ニハ魚雷一本毎ニ左記標準ニヨリ賞金ヲ与ウ可ニ付丁寧ニ取扱保管シ直チニ横須賀海軍軍需部ニ届ケ出ラル可シ。

昭和十三年四月二十二日　横須賀鎮守府

魚雷呉一三四、魚雷呉一四一　拾得者ニハ広告ノ日ヨリ

一ケ月以内　金壱百円

二ケ月以内　金七拾五円

三ケ月以内　金五拾円

三ケ月以後　金三拾円以内」

「どうですか。のんびりしたものでしょう。中国人が見つけて、帝都の真ん中で、爆

発させたら、どうするつもりですかね。つまり、それほど海軍は、支那事変には関心がないんです」

「なるほど」

と、閑院宮は、肯いたが、

「しかし、最後は、何といっても陛下の御心になってくる。何か、陛下の御心を強く動かせるものがあればいいんだが」

「ありますよ」

石原が、ニッコリした。

閑院宮は、眼を丸くして、

「そんなものがあるのかね？　何だね、それは」

と、きいた。

「アメリカ大統領の陛下あての親書です」

「そんなものがあるのか？」

「四月二十九日の陛下の御誕生日を祝福すると同時に、お互いに世界平和のために尽力しましょうと書かれた親書です」

「どこにあるんだ？　ぜひ、拝見したい」

と、閑院宮は、身体を乗り出した。

「間もなく、ある人物と共に、横浜に着くことになっています」

「その幸福な人物は誰なんだ？」

「それは、柔道の――」

と、いいかけて、ふと、口をつぐんだ。

(大統領の親書の争奪戦が起きるかも知れない)

と、思ったからだった。

4

サンフランシスコ滞在中の古賀は、多忙だった。しかし、楽しい忙しさだった。

ＩＯＣ委員の嘉納治五郎（かのうじごろう）は、アメリカ大統領の親書をふところに、氷川丸で、帰日の途についている。

サンフランシスコに残った古賀は、ジャパニーズ・スポーツ・シューズ地下足袋（じかたび）の販売人の綱田青年に力を借りて、東京オリンピックの宣伝に飛び廻った。

しかし、前のような不安感は、消えていた。

一週間おくれで届く日本の新聞を見ていても、中国軍の動きもない。

理由は、わからないが、第一線は、動かなくなってしまったらしいのだ。

戦争の記事、写真は、銃後の人々の記事や写真になった。

石原莞爾が、何かしたらしいと思っても、何をしたという連絡はない。

古賀が、嬉しいのは、戦争の記事が減って、反対に、平和の記事が増え、そして東京オリンピック関連の記事も増えていったことだった。

その中で、古賀を一番喜ばせたのは、東京のオリンピック委員会が、主競技場を駒沢に決め、そこに通じるルートの建設計画を発表したことだった。

古賀には、直接、地図入りの計画書が送られてきて、新聞にも発表された。

駒沢総合競技場をオリンピック主競技場とし、そこを中心として、八路線(ルート)を建設し、十三万人の輸送計画を立てるというものだった。

その八路線(ルート)は、次の通りだった。

①渋谷駅から三軒茶屋を経て競技場へ

②渋谷駅から駒場練兵場南側を経て競技場へ

③恵比寿駅から祐天寺前を経て競技場へ

④目黒駅から元競馬場前、府立高校前を経て競技場へ

⑤大森京浜電車学校裏から府立高校を経て競技場へ
⑥丸子町から競技場へ
⑦東横等々力駅から競技場へ
⑧二子から競技場へ

競技場前の道路の幅は四十四メートル。これを初期五百万円、更に、一千万円の予算で完成させる。

このルートを使って、一時間に十二万〜十三万人を競技場に運ぶこととする。

古賀は、これを何通もコピーして貰い、アメリカのオリンピック関係者に配って廻った。

その効果は、あった。アメリカ人の中には、中国と戦争をやりながら、日本は、本気で、オリンピックをやるつもりなのかと、疑う者が多かったが、これで、日本も本気だとわかってくれた。

吉報は、次々に届けられ、関連で、次のような新聞記事も眼にした。

「東京オリンピックに備えて」と題して、警視庁衛生部が、次のような発表をしたのだ。

「国際都市東京の恥になるようなことを五月十七日から、禁止する。街頭での放尿は、もちろん、唾吐きにも罰金を科すことにする。衛生面からも、都市美の観点からも禁止すべきもので、『喀痰取締規則』が作られる。なお、汚水を撒くことも禁止である」

東京オリンピックの主競技場が駒沢に決まりそこへ通じる八本のルートも決まると、それに必要な土地買収計画や、予算の資料も、東京から送られてきた。

「五輪大会建設費」

と題した資料である。

「主競技場駒沢建設案が承認されたが、続いて、駒沢における主競技場、オリンピック村、水泳場、陸上競技練習トラック等、各競技施設案並びに土地買収費、芝浦における自転車競技場建設費、お茶の水室内競技場建設費等総額一千二百十三万円も承認、可決された場合、直ちに建設に着手される」

少しずつ、安心感が広がっていく。

それにつれて、気持に余裕が出てきて、綱田にすすめられて、ジャパニーズ・スポーツ・シューズ地下足袋をはいて、百ドルレースに参加するようになった。

最初のレースに何度か勝てたために、地下足袋のファンになって、何かというと、靴の代りにはいて出かけるようになった。

もう一つは、一週間おくれで送られてくる日本の新聞を読むとき、どうしても、日本の政治、戦争、東京オリンピックの記事しか眼を通さなかったのだが、安心したせいか他の記事にも眼を通すようになった。

特に、東京市民の生活を描く記事に、眼が行った。

古賀が、日本を出たあとの、わずかの時間でも、東京市民の生活は、驚くほど、変っているのである。

原因は、間違いなく戦争だった。

アメリカに来ているので、それがよくわかる。

アメリカは特別な国である。先の大戦では、計二十五ケ国が参加したが、戦勝国も敗戦国も、戦前より戦後の国民生活の方が悪くなった。そんな中で、唯一、戦後の方が国民生活が良くなっているのである。

それだけ豊かな資源に恵まれているということなのだ。その反対が、日本ではないだろうか？

とにかく、資源に恵まれない国である。石油が殆ど出ない。鉄が出ない。ゴムの木がない。アルミを造るボーキサイトが出ない。

こんな国は、戦争をすべきではないだろう。

古賀は、遅れて届く日本の新聞で、状況が悪化した日本社会を知った。いや知らされた。

まず、ガソリンである。

戦争で、ガソリンが不足して、節約が叫ばれていたのだが、古賀が、アメリカに来ている間に、とうとう配給制になってしまったのだ。その上、値段の高騰で、何が起きたのか。「バス会社が、運転手多数を解雇」したのである。

ガソリンが配給になり、その上値段が上ったので多くのバス会社が、採算が取れなくなって、バスの台数を減らした。それに伴って、運転手も馘首（かくしゅ）された。あるバス会社では、四十三名の運転手が解雇された。

ガソリンを使わない「木炭ガス自動車」が発表された。

ガソリンから木炭へである。

新ガス自動車ともいうらしい。新聞に発表されたのは、「木炭ガストラック」だった。運転台の近くに、大きなガスタンクを乗せた異様なスタイルである。

一時的な感じではなかった。

商工省が、ガソリンから木炭への転向車には奨励金を支給するとあったし、農林省は、木炭車用の木炭の生産に乗り出すと発表していたからである。

政府が、新しい税を考えているという記事もあった。物品税、入場税、通行税と、あらゆる部門に、税金をかけるらしい。

日中戦争の報道は、華々しく、威勢がいいが、当然、物資は戦争に廻されて、値段は高くなる。戦争にかかる金が莫大になれば、国は税金を高くしなければならない。

アメリカに滞在したことで、古賀は、そんな母国の姿を、客観的に見ることができるようになっていった。

今までは、東京オリンピック開催のために、戦争は止めて欲しいと考えていた。それ以上に、戦争は、人々の生活を圧迫していることを感じた。

マスコミは「勝った勝った」と報じ、国民は万歳を叫び、時には、提灯(ちょうちん)行列までしているのだが、冷静に見ると、自分たちの生活は苦しくなっているのだ。

こちらで親しくなったヘンリー・R・Rは、「日本で、戦争反対の声は出ないのか？」と、聞いてくる。

「国民全部が、賛成しているから、反対の声は出ないんだ」

と、古賀が、答える。

「不思議だね。戦争反対の国民が一人もいないなんて考えられない」

と、ヘンリーは、いい、更に、

「君自身は、どうなんだ？　オリンピックのためには、中国との戦争は、止めて貰いたいんだろう？　他にも同じ考えの人がいる筈だから、集って、反対の声をあげたらどうなんだ」

と、いってくる。

古賀は、そこで、答えに窮してしまう。

確かに、戦争は止めて貰いたい。が、それはあくまで、オリンピックのためで、戦争そのものに反対なわけではないからだ。そこを、アメリカ人に説明するのは難しい。

日本の新聞には、こんな記事もあった。

「銀座八丁目も自粛

『柳まつり』をやめて銃後運動　陸・海軍病院に白衣の傷病兵士を慰問」

ヘンリーには、なぜ「祭り」を中止するのかわからないだろう。

病院に見舞いに行くにしても、祭りを中止する必要はないからだ。

「これは、精神的な問題だ」と、古賀がいっても、案の定、ヘンリーは、首をかしげていた。

もっとわからない記事もあった。

「戦時下　健全な家風」

と、いう記事である。日本人として、かくあるべき家庭の指針である。

「毎朝必ず神棚を拝し　祝祭日には、日章旗を掲げる」

これが、日本人として、健全な家庭のあるべき姿ということである。

当然、ヘンリーは、おかしいと、いった。

「どんな家庭を作るかは、個人の問題だ。そんなことに、上から、あれこれ指示するのはおかしい。自由の侵害だ」

と、いうのである。仕方がないので、

「日本人は、ひとりだけ違った考えを持ったり、違う生き方をするのを嫌うんだ。それに、形を指示された方が楽だからね」

と、答えたが、ヘンリーは、なおさら、首をかしげて、

「日本人は、上からの指示に全く反対しないのかね？」

と、きく。

「そんなことはない」

と、古賀は、別の新聞記事を、ヘンリーに見せた。

それは、新税についての記事である。

大蔵省が、下駄にまで物品税をかけるというので、業者が、反対して、下駄の台と、鼻緒を別々に売ることにしたという記事だった。そうなると、大蔵省は、物品税がか

けられず、悩んでいるというものだった。

ヘンリーは、やっと、ニッコリして、

「これこそ、健全な反応だよ」

と、いった。

古賀も、ほっとしたが、別のもっと大きな不安があった。

近衛首相は、病気療養ということで、しばらく閣議を休んでいたが、ようやく、病癒えて、所信声明の発表をするというのである。

そのために、文相、内相、陸、海両大臣と、政局不安と国際情勢について会談をしていると、写真も、のっていた。

それが、一週間前の新聞記事で、一週間後の今日、東京では、近衛首相の演説が始まる筈だった。

どんな所信声明になるのか。

一月十六日の「(蔣介石の)国民政府を対手とせず」という声明は、否定されていないからまだ生きているのだ。

それに、中華民国臨時政府の王克敏委員長を招待して、各界の要人に会わせているが、この臨時政府と和平交渉をしても、蔣介石の国民政府は、絶対に認めないだろう。

石原莞爾は、その点、楽観しているみたいだが、古賀は、心配だった。

5

東京の帝国ホテルのロビーで、石原は、古賀の叔父で、退役した鈴木と、ある中国の友人を待っていた。

名前は、「張群」である。

表向きは、上海に住む貿易商だが、国民政府の密使ともいわれている。

石原が、連絡を取ったところ、近衛首相の所信声明をラジオで聞いてから、そちらに行くという返事だった。

帝国ホテルも、近衛演説を重視して、泊り客のために、ロビーでも、ラジオ放送を聞かせることにした。

「どんな所信声明になるのかね。一月十六日の国民政府を対手とせずを、否定するんだろうか？」

と、鈴木が、石原に、きく。

「それはしないさ。そんなことをいったら、軍部の攻撃を受けて、近衛内閣は潰れる」

「じゃあ、あの声明は、継続なのか？　それなら、日支事変は終らず、どんどん広がるよ」

と、鈴木は、声を大きくした。

石原は、苦笑する。

「まだ、軍人気質（かたぎ）が抜けないね。政治家はずるく、利口だよ。一月十六日の声明は変えない。が、それを無力にするような、うまい言葉を続ける筈だ。頭のいい人だから、そこは、うまいこと、持っていくと思うね」

と、あまり心配していない様子だった。

支配人が、ラジオを持って来て、ロビーの中央に置いた。

「これから、近衛首相の所信声明があります。日本の将来を決めるものと思いますので、ぜひ、聞いて下さい」

と、支配人がスイッチを入れ、ボリュームを大きくした。

最初は、総論である。

石原は、眼をつむっていて、聞いているのかいないのかわからない。

「次は、支那問題です」

と、近衛首相がいったところで、石原は、眼を開いた。

鈴木も、耳をそばだてる。

「一月十六日の国民政府を対手とせずの声明には、全く変更はありません」

近衛の言葉に、鈴木が小さく、「うッ」と、唸った。石原が、笑って、

「陸軍の強硬派向けだよ」

と、いった。

それに合わせるように、

「しかし――」

と、近衛が、続ける。

「鉄砲ばかり射っていても仕方がありません。軍人にも、いろいろと考えて貰います。戦局は、一見、膠着しているように見えますが、近い中に、大きく変ります。これは、事実として証明されるでしょう。和平の門は、大きく開かれています。繰り返しますが、和平の門は、大きく開かれています。次は、経済問題です――」

そこで、二人は、席を窓際に、移した。

「和平の門は、大きく――か」

と、鈴木が、いった。

「そうさ。門は、大きく開かれているんだ。その中には、蔣介石の国民政府も、入っている。誰もが、そう理解する」

「臨時政府のことにも、来日した王克敏委員長のことにも、全く触れなかったね」

「申しわけないが、中国民衆の支持ゼロでは邪魔な存在でしかない。早く亡命させた方がいい」

と、石原がいう。こんな時の言い方は冷酷である。

三十分ほどして、待っていた客が到着した。

国民政府の張群である。

英語で、喋(しゃべ)り、表向きは、貿易商だといった。

石原も英語で応じていた。石原はドイツ語を習ったから、原書でヒトラーの「我が闘争(マイン・カンプ)」を読んだというのだが、英語も達者だった。何年かのヨーロッパ滞在があったせいだろう。

「実は、近衛首相の所信声明は、アメリカ大使館で聞いていました。英国大使も同席していて、すぐ、感想を聞けましたよ」

と、張群が、いう。

「どんな反応ですか？」

と、石原が、きく。

「あれは、日本的な腹芸というんでしょう。国民政府を対手とせずは生きているといいながら、和平の門は大きく開かれているという。われわれ国民政府の代表も、その門から入れるんでしょうね?」

「近衛さんも、そのつもりで喋っていますよ」

「われわれも、それを期待しています。問題は、やはり、日本の軍部ですね。軍人には、話のわかる人もいればわからない人もいる。統一がとれていない点が心配です」

「今日、陸軍大臣が、中国戦線の視察から帰ってきて、報告することになっています。天皇陛下にも報告します」

「それは、主として、飛行機からの視察でしょう。われわれは、その日時も、ルートも知っていました」

「どうして知っていたんですか?」

と、鈴木が驚いて、きいた。

張群は、笑って、

「日本軍は、中国大陸に展開しているんですよ。そこには、五億人の中国人民がいる。五億人の眼が見張っているんです。その眼から隠れていられると思いますか」

「それでは、攻撃の恐れもあったわけですか？」

「将軍の中には、待ち伏せして、撃墜せよという強硬意見もありましたが、石原さんが、和平への目もあるといわれたので、蔣主席が中止を命令しました」

「それは賢明な処置でしたよ」

と、石原が、いう。

「ただ国民政府としては、あと一つ、あなた方を信頼できるという確証が欲しい」

と、張群が、いった。

「大丈夫です」

と、石原が、いった。

「間もなく、強力な味方が、日本の横浜に到着します」

「そんな味方が、いますか？」

「アメリカ大統領の談話をまとめた書面と、大統領から日本の天皇陛下に宛てた親書です。四月二十九日の天皇御誕生日を御祝いすると同時に、協力して世界平和をという旨の親書です。天皇陛下も、世界平和を望んでおられますから、特にこの親書は、強い味方になる筈です」

「それは、嬉しい話です。横浜に、何時届くんですか？」

「五月五日に、日本郵船の氷川丸で、届けられます」

「誰かが、持参するわけですね？」

「そうですが、その人物の名前は、申しあげられません。あなたも知っている有名なスポーツマン、いやサムライです」

と、石原は、微笑した。

そのあと、国民政府が、世界各国に、経済援助を求め、一番の援助国が、イギリスから、アメリカに代った話などを、張群が、口にした。

「われわれは、このことに安心しています。何といっても、イギリスは、ヒトラーのドイツ、ムッソリーニのイタリアへの対応に大わらわで、外国援助どころではないでしょう。その点、アメリカは強大で、大統領も、中国に好意的です。もし、戦争が長引けば、アメリカの援助で、空軍力を拡大し、新式装備の師団を五、六個師団増やしますから、日本軍は第二、第三の台児荘敗戦を迎えることになりますよ」

と、張群は、脅かすように、いった。

石原は、笑いながら、聞いていたが、

「戦争は終りますよ。日本は、中国と戦争する余裕は無いんです」

と、いった。石原が、極東ソ連軍のことを考えていることは、明らかだった。その

証拠に、

「今日帰った陸軍大臣は、ソ満国境も視察してきた筈です」

と、いった。

鈴木は、張群に聞きたいことがあった。

「同じ中国人で、日本と通じている中華民国臨時政府や、王委員長のことは、どう思っておられるんですか？」

と、きいた。

さぞ、苦々しいだろうと思っていたのだが、張群は、微笑して、鈴木を驚かせた。

「われわれ中国人は、日本の皆さんが考えるほど単純じゃありませんよ。もっと、ずる賢い。臨時政府と国民政府は、一見、対立しているように見えるでしょうが、裏では通じているんです。現に両方の政府に籍を置いている職員もいます。ああ、日本陸軍がスパイとして、国民政府にもぐり込ませた李大作（りたいさく）という臨時政府の職員がいるでしょう。あれは、もともと国民政府が、スパイとして臨時政府にもぐり込ませた人物です」

と、いう。

鈴木が、石原を見ると、彼も笑っていた。

「中国人も中国も、われわれより大人だよ。大人と、ケンカしちゃいけないんだ」

と、石原は、いった。

張群は、貿易商として、帝国ホテルに泊るといって、チェック・インした。

石原は、彼と別れると、今度は参謀本部に電話した。今や、参謀本部は石原にとって、敵の牙城のようなものだが、彼の信奉者は、いぜんとして何人か残っていた。

今日、連絡したのは、陸大の後輩で、作戦一課にいる若杉という大尉だった。

午後六時を過ぎていたので、ホテル内の中華料理店で若杉と夕食を共にすることにした。鈴木も同席した。

「まだ台児荘の敗北が、尾を引いています」

と、若杉が、いった。

「あれは、前線の師団参謀の作戦ミスになっているんだろう？」

「そうですが、作戦許可を与えたのは、うちの作戦部ですから」

「総長の責任にはならないのか？」

「閑院宮殿下は、作戦には、参加されません」

「なるほどね。予算獲得専門のロボットか」

「その筈が、今回、突然、支那事変の早期終結が必要との談話を発表されて、全員が、驚いています」

「中国とは、戦争を続けては駄目だ。真の敵は他にいる」

　と、石原は、いった。

「ソビエト、ですか？」

「スターリンの悲願は、日露戦争で日本に奪われたものの奪回だ。南樺太、そして何よりも満州の権益だ。そのため、ソ満国境の兵力を着々と増強している。私が関東軍にいて、調べた時、その兵力比は、一対三だったが、今は、一対五になっている。その中に、どっと、国境を破って、雪崩れ込んでくるぞ。その時中国との戦争が続いていたら、四十万の将兵が、中国に貼りついて、身動きがとれないんだ。それを考えろといいたいんだよ」

　と、いってから、石原は、

「陸軍大臣は、ソ満国境も視察してきたんだろうね？」

「そう思います」

「報告は、聞いてないのか？」

「われわれのところには、簡単なメモが回ってきただけで、大臣は、まず、宮中に参内して、天皇陛下に報告されるそうです」

そのメモを、書き写してきたといって、若杉が石原に渡した。

石原は、さっと眼を通して、鈴木に渡す。

石原は、昔から、要点だけを読んで、他は見ないから早い。逆に、石原が書いたものは、要点しか書いていないので、理解しにくいと、いわれていた。

問題のメモは、大臣本人が書いたのではなく、同行した参謀クラスが書いたものだろう。

しかし、大臣の署名があるから、陸軍大臣の意見でもあると見ていいだろう。

「中国戦線は、全線にわたって停滞しており、わが軍が、必要な兵力を増強して、新しい作戦に移るには、今から半月間の時間が必要である」

ソビエト軍の動きについて、かなり詳細に書かれているのは、視察に出発する前に、石原の意見を聞いていたからだろう。

「シベリア鉄道を使って、ソ連がソ満国境の兵力増強に努めていることは、間違いない。辛うじて、均衡しているのは兵力と、空軍力である。あとは、時間がたつごとに、差が開いていくことに、注意が必要である。特に、戦車、トラック、野砲の数は、差が開くばかりである。その上、特筆すべきは、その性能である。日本の軽戦車は、歩兵への協力を主としているために、装甲も薄く、砲も短射程である。それに比べてソ連は、重戦車が主で、装甲も厚く、砲も長射程である。ソ連は戦車戦を考えているとみられ、その場合は、ソ連機甲師団の勝利に終る恐れがある。

野砲も同じである。ソ連軍は、長距離砲を並べ、絶え間のない砲撃のあと、戦車群と歩兵を前進させる戦略を取るものと思われ、その場合は、数と弾薬量が、勝敗を決するものと思われる。

なお、ソ連軍の斥候(せっこう)が、絶えず、国境を越えて、満州領を偵察していることを考えると、われわれが、油断していれば、いつ攻撃してくるかわからず危険である」

しかし、最後は、次の言葉で、締め括られていて、石原を、がっかりさせた。

「しかし、最後に戦闘の勝敗を決するのは、絶え間ない訓練と、強固な精神力である」

戦力の不足を精神力で、補おうというのは、日本軍、特に陸軍の常套句である。石原にいわせれば、自己満足であるに過ぎない。そして、報告には「停戦が絶対に必要」とは、書いていないのだ。

石原の記憶の中で、もっとも危険な若手の将校は、いわゆる豪傑のタイプである。教養と理念に欠けるが、部下思いで、部下に勝手にやらせて、全ての責任は自分が取ると叫ぶ。部下に人気があるが、失敗し、兵に死者が出れば、実際には、責任の取りようがないのである。

石原は、理由があって、中国との戦争を止めるべきだと、考えるのだが、彼等は、理由もなく、戦闘を再開する恐れがある。石原には、それを止めようがない。

（あと半月か）

と、自分にいい聞かせた。

その間に、和平を確かなものにする必要があった。

こちらが使える武器は、二つあった。

一つは、近衛首相と蔣介石の和平会談である。近衛は、一月十六日の声明の失敗を取り返すために、秘かに蔣介石に会ってもいいと、石原に約束したのである。

嬉しい申し出だが、近衛は、いざとなると尻込みをすることが多いから、完全に信用することは出来ない。

もう一つは、アメリカ大統領から、天皇に和平を呼びかける親書である。それが、天皇にわたり、軍人に向って、天皇が、和平の必要を指示してくれれば、和平が実現するだろう。何故なら、日本の軍隊は、天皇の軍隊だからである。

石原は、氷川丸について、問い合せた。

その結果、氷川丸は、五月五日の午後一時に、横浜港に到着の予定と、わかった。

船客の中に、ＩＯＣ委員の嘉納治五郎の名前があることも確認された。

「われわれも、横浜に移動しよう」

と、石原は、鈴木に、いった。

五月五日の前日だった。

第五章　革新華族　木戸幸一

1

嘉納治五郎が乗った氷川丸の横浜到着は最初、五月五日となっていたが、一日遅れて五月六日の午後一時横浜入港と、変更された。一日や二日の遅れは船旅には付き物なので、誰も心配はしていなかった。石原と鈴木が横浜埠頭に行ったのは五月四日だから、二日前という事になる。

既に横浜埠頭には、オリンピック関係者が大勢、嘉納治五郎の帰国を待ち構えていた。石原はその一人に声をかけた。が、その顔色は歓迎の表情ではなくて、不安そうだった。

石原がその理由を聞くと、

「嘉納先生は、ニューヨークからバンクーバーに移動して、乗船する時から、体の調子があまり良くなかったと知らされているので、心配です」

と、いう。

「それで、何か知らせがあったんですか？　無事に明後日の五月六日に帰国されますか？」

と、きくと、その知らせが入らないので、心配している、と、いう。

「氷川丸は確か、日本郵船でしたね」

「そうです」

「それなら、この横浜港に日本郵船の事務所があるはずですよ」

横から鈴木がいった。

「とにかく聞いてみよう」

と、石原は決断した。別に嘉納治五郎の容態を心配した訳ではなかった。石原は元々体が弱いので、体育そのものにはそれほど関心がなかった。柔道にも、である。

彼が今、関心があるのは嘉納治五郎が持ち帰る筈のアメリカ大統領の親書である。

こんな時の石原はせっかちである。港内の日本郵船事務所を見つけると、いきなり中に入っていった。

呆気（あっけ）に取られている受付の社員に向って、

「私は関東軍参謀副長、石原莞爾（かんじ）である」

と、いきなりいった。相手の社員がビックリした顔で、こっちを見ている。

「氷川丸は五月六日、横浜到着の予定と聞いている。それで間違いないか」

「間違いありませんが、それがどうかしましたか？」

「その氷川丸には、オリンピック委員の嘉納治五郎が乗っているはずだ」

「もちろん、嘉納治五郎先生は乗っています」

「嘉納治五郎には、スパイの容疑がかかっている。したがって間違いなく氷川丸に乗っているかどうか、現在の様子はどうか、それが知りたい。乗船時に発病という噂を聞いたが、それについてはどうなのか」

と、石原は尋問口調できいた。

「三日から、嘉納治五郎先生の御容態については連日無電が入っています」

と言って、それを二人に見せてくれた。

五月三日　午後四時着電

嘉納治五郎殿　乗船当時より風邪の気味あり療養中。五月一日突然発熱し、肺炎の兆あり。

本日の容体

体温　三十九度九分

脈拍　百十、微弱

呼吸やや浅薄、但し意識明瞭

余後憂慮せらる

五月四日　午前六時四〇分着電

嘉納殿　四日午前四時、御危篤に陥らる

「この後まだ、今日の容態については無電が入っておりません」

受付が、いう。

「この後の無電はいつ入るのか？」

「間もなく入るはずですが」

相手が少し、不安げにいった。

「本当に、嘉納治五郎先生にスパイの容疑がかかっているんですか？」

「そういう事には触れなくてもいい。とにかく、嘉納治五郎の現在の容態が聞きたい」

石原がいった時、奥から、

「氷川丸から入電」

の声が聞こえた。

石原たちの応対をしていた社員が、奥から戻って来て、黙って電文のメモを石原と鈴木の二人に見せた。

本日四日午前六時三三分（日本時間午前五時三三分）

永眠せらる

哀悼に堪えず

「今、氷川丸はどの辺だ？」

と、石原がきいた。

「北のルートを取っているはずですから、現在カムチャッカ沖を航行中だと思います」

と、相手が答える。

「カムチャッカ沖と言うと、日本領の千島列島の近くか？」

「千島列島の北端の占守島(しむしゅとう)付近を航行中と思います」

「それで、横浜到着は？」

「どうしても五月六日、午後一時頃になる筈(はず)です」

「その間はどこにも寄らないのだな？」

と、石原は確認するようにきいた。

「もちろん、どこにも寄りません」

それだけ聞いて、石原は鈴木に向って、

「急ごう！」

と、大声を出した。

2

「これからどうするつもりだ？」

と、鈴木がきいた。

「何としてでもアメリカ大統領から天皇陛下への親書を手に入れて、然るべき人の手で、陛下に渡してもらいたいのだ」

と、石原がいった。

「それなら、君が直接陛下に渡したらどうか？」

鈴木がきくと、石原が珍しく、

「それは駄目だよ」

と、弱気の返事をする。

「どうして駄目なんだ？」

「陛下は私が起こした満州事変に反対なんだ。中国との間に問題を残した人間として、嫌われてしまった」

「しかし、最近は陛下も満州国の問題についてはあまりこだわっておられない様に聞いているが」

と、鈴木がいった。そのことは、多くの陸海軍の関係者が知っていた。中国自身、満州国の問題についてほとんど発言していないし、日本への抗議もなかったからである。

「だから」

と、石原がいった。

「出来れば、近衛さんの手から陛下に渡してもらいたいんだ」

「一番、渡したくない人間は誰だ？　東條か？」

「もちろん、そうだ。彼は陸軍次官の座を狙っている。日本陸軍の中で最も日中戦争の拡大を叫んでいるのは東條だからね。あんな男に親書が渡ったら、握り潰すに決っている」

と、石原はいった。

「しかし、問題の親書は亡くなった嘉納治五郎が持っている訳だろう？　現在氷川丸はカムチャッカ沖で、千島、占守島の近くだよ。今からすぐ取りに行く訳にもいかないだろう」

「だから迷っている。嘉納治五郎は、一人で渡航しているわけではないな」

「ＩＯＣ総会に出席した後だから、同行者はいるはずだ」

「もしその中に東條のスパイがいたら、間違いなくアメリカ大統領の親書は握り潰されてしまう。その前に私が手に入れたいんだよ」

石原がいった。

そのあと、ちょっと考えてから、

「海軍省、いや海軍軍令部へ行こう」

　鈴木は、えっという顔になって、

「海軍軍令部に行ってどうするのか？」

「何としてでも、誰よりも早くアメリカ大統領からの親書を手に入れたい。そのため何とかして、横浜へ着くまでの間に、氷川丸に乗り込みたいんだ。一番手っ取り早いのが海軍の軍艦だ」

「軍令部はまずいだろう。軍令部総長は皇族の伏見宮様で、海軍の中では戦争拡大の第一人者だよ。三国同盟にも賛成だし、日中戦争にも賛成なんだから」

「いや、会いたいのは海軍軍令部の作戦部長だ。私も陸軍の作戦部長をやっていたから、その時に緒方という作戦部長と時々会っていた。彼なら話がわかる」

　と、石原はいった。

　東京へ戻った石原が軍令部に入っていくと、そこは騒然となった。元々、陸軍と海軍は仲が悪い。それに、石原の無鉄砲さやうるさい事は海軍軍令部の中でも知られていたからである。

　石原は構わずに、

「作戦部長の緒方さんにお会いしたい。緊急の用で」

と、いった。しかし、すぐには会わせてもらえなかった。応対した者が一旦、奥に消えた後にやっと、作戦部長室に通してくれた。

緒方は、海軍大学校を二番の成績で卒業した所が石原と似ていたが、石原の様な型破りという訳ではなくて、物静かな男だった。その点が逆に、二人の気が合う所だったのかもしれない。

「急いでいるので、手短に説明する」

と、石原がいった。

正直に氷川丸の事、オリンピック委員の嘉納治五郎が亡くなった事を話した。

「問題は、彼が預かっているアメリカ大統領から天皇陛下に宛てた親書だ。絶対に日中事変の拡大派の手に渡したくない。そんな事になれば握り潰されるに決っている。何とかして一刻も早く手に入れて、出来れば近衛首相から陛下へお渡しして欲しい。陛下は日中戦争には反対のはずだからね」

「現在、氷川丸はどこにいるんだ?」

「千島の先端、占守島付近を横浜に向っている。横浜港入港は明後日の五月六日午後一時予定。もし横浜に着けば、どっと人々が乗り込んで行く。その前に何とかして氷川丸に乗り込んで、問題の親書を手に入れたい」

「つまり、海軍のスピードのある軍艦を使って、氷川丸が横浜に着く前に乗り込みたいという事か」

「出来ればそうしたい。何しろ東條のおかげで、そこら中スパイだらけだからね」

石原はいった。

「ちょっと待て」

と、緒方が、いった。

彼はすぐ、横須賀に電話を掛けて、

「すぐ高速艇を出す事は出来ないか？　理由は？　どうする、何という？」

と、石原にきく。

「帰国する嘉納治五郎の同行者の中に、スパイの疑いがある者がいる。それで押し通してくれ。それなら軍艦だって動かせるだろう」

と、石原がいった。

緒方が、軍令部作戦部長の肩書きを使って、何とか都合をつけてくれた。

「新造の駆逐艦の試験航行が明日、〇五〇〇に横須賀を出港し、千葉沖で行われる。随伴するのは駆逐艦一隻。その、随伴する駆逐艦の方に乗って欲しいと言われた。試験航行中に恐らく、日本郵船の氷川丸と接触するだろうが、何とか無理矢理君を氷川丸に乗せる、と約束してくれた」

と、緒方は続けて、

「そうだ。君の名前は連合艦隊でも有名だから、なるべくおとなしく乗ってくれ」

石原は礼をいい、鈴木を連れてすぐ横須賀へ行き、軍港の近くの旅館に泊る事にした。

その日の夕方のニュースは、嘉納治五郎の死を大きく伝えていた。

「オリンピックの大恩人

帰途中の嘉納治五郎翁、船中忽然と逝く　氷川丸で急性肺炎

老軀をおして、オリンピック東京大会開催の為、東奔西走していた我が体育界の恩人、嘉納治五郎翁は、アメリカからの帰朝の途、日本郵船氷川丸船上において五月四日午前五時三十三分ついに逝去した旨、四日朝、日本郵船本社に入電があった。享年七十九」

その後、オリンピック東京大会事務総長永井松三や、下村宏大日本体育協会会長あるいは東京市長の、嘉納治五郎を悼む声がラジオから流れてくる。

石原は、それを聞きながら、どうしても嘉納治五郎の死がオリンピックというより日中戦争の行方にどう関係してくるだろうという方に考えがいってしまう。今古賀が

そばにいたら怒って、嘉納治五郎の死は東京オリンピックにどう影響するかを考えたいと言うだろう。

ニュースの後、アナウンサーが各国の要人から寄せられる、哀悼の言葉を次々に伝えていく。これならば嘉納治五郎の死は石原や、古賀の期待する方向に影響を与えていくのではないかと、石原は一先ず安心をした。もちろんアメリカからの弔電も紹介された。

翌、五月五日早朝。

石原と鈴木は、海軍の横須賀軍港にいた。新造駆逐艦と、それに随伴する旧型の駆逐艦の二隻が間もなく出港する所だった。その随伴の駆逐艦に石原と鈴木は乗船を許可された。

天候は曇りだが、波は穏やかである。二人はすぐ艦長室へ通された。若い艦長である。明らかに陸軍でも異端と言われる石原に、興味を持っている感じだった。

「陸軍は相変らず、日中戦争拡大の方針ですか？」

と、いきなり艦長が、きく。

「若い参謀たちは、一撃打倒論で始まりましたが、どうも上手くいかないようで、作戦の変更を考えているようです」

「石原さんは始めから、事変の拡大には反対だった様ですね」

「とにかく、中国は大きいですから。それに日本の何倍も人口がある。向うが本気で来れば絶対に戦争は長引きます。現在の世界情勢を見ていれば、こんな事をしている余裕は日本にはありません」

と、石原らしく、断定した。

新造駆逐艦と、随伴する駆逐艦の二隻はゆっくりとした速度で東京湾を出ると、途端に全速航行に移った。たぶんこれも、新造駆逐艦の試験運転なのだ。振動が、激しくなる。

「かなり、揺れますね」

鈴木が言うと、艦長は笑って、

「現在、新造駆逐艦の最高速度三十ノットを出しています」

と、いった。

「しかし、それにしても揺れ過ぎですよ。少しばかり設計が悪いんじゃありませんか」

と、石原が遠慮なくいった。

途端に、艦長がきつい顔になった。

「わかりますか」

「やはり、上部構造が過剰なんじゃありませんか」

「その恐れがあるので上に、進言した事があるのですが、受け入れられませんでした。どうしても海軍軍令部としては小さな船の上に、大きな大砲を載せたくなる。その為に上部構造が重くなってしまうんですよ。アメリカと戦争にでもなった時に、それが響かなければいいんですが」

と、艦長がいった。

「同じ様な不安が、陸軍にもありますよ」

と、石原も言う。

「どうしても少い資源で、過大な要求を戦車や飛行機に課してしまう。その為に、どこかに弱点が生れてしまうんですよ。それが心配ですが、上の方は海軍と同じで、そういう弱点には目をつぶって考えない様にしてしまいますから」

と、石原は言った。

その間にも船は、最高速度で千葉県沖に向っている。小雨が降り出したが、途中から止み、曇りがちな海上で新造駆逐艦の様々な性能試験が行われていく。

氷川丸への移乗には、まだ時間がありそうなので、石原と鈴木はしばらく、駆逐艦の航行実験を見守った。

全速での方向転換。

艦が、横倒しに近くなる。

見守る随伴の駆逐艦の艦長が、石原にいう。

「あれ以上の角度だと、間違いなく、倒れますね。戦闘になると、操舵が難しい」

「やっぱり、重心が上すぎるんだ」

続いて、全速での一斉射撃。

「やはり駄目だ」

と、こちらの艦長が叫ぶ。

「何処が駄目なんですか？　あれなら、全速で敵艦に近づきながら、魚雷発射も可能じゃありませんか」

と、鈴木が、精一杯、ほめる。

「甲板が狭すぎるんですよ。アメリカの軍艦なんか、甲板がだだっ広くて一見、ムダに見えるんですが、戦闘になると、死傷者を、そこに置けるんです。日本の場合は、一見、ムダが無くて、ほめられるんですが、死傷者の置き場所が無くて、困るんですよ」

「艦長に同感」

と、石原が、大声を出す。

「日本は、陸も海も、全てに余裕が無いんだ。ムダが無いことを美点だと勘違いしてるから、平均点の参謀しか生れて来ない」

石原が、遠慮なく、持論を展開する。

その最中に、石原と鈴木の二人に無電が、入った。

「あと、十数分で日本郵船氷川丸と接触の予定。本艦が停船を命じるので、お二人は乗り込んで頂きたい」

艦長から借りた双眼鏡を目に当てる。前方に日本郵船氷川丸の姿が見えてきた。それに向って、二人の乗った駆逐艦が近付いて行く。氷川丸に連絡を取る。氷川丸がゆっくりと洋上で停船する。こちらの艦長がボートを出してくれた。石原と鈴木はそれに乗って、氷川丸に近付いて行く。船客が甲板に出て、乗り移って来る石原と鈴木を見守っている。

船長が出て来た。船長に向って石原が、

「日本陸軍参謀本部作戦部長の石原です」

と、わざと名乗った。その方が相手が重視すると思ったからである。

「日本郵船本社からの連絡では、亡くなった嘉納治五郎さんの同行者の中に、スパイ嫌疑がある者がいるとの事でしたが、どういう事か、説明して頂きたい」

と、船長がいう。

「内密の捜査ですので詳しくはお話しできません。とにかく、亡くなった嘉納治五郎さんの使っていた船室に案内して頂きたい。彼の所持品を調べたいのですが、船長同席でも構いませんよ」

と、石原は大声を出した。

二人が氷川丸に乗船し、船長が、嘉納治五郎が使っていた船室に案内した。そこには、同行者たちが、集まっていた。

遺体はベッドに寝かされていた。石原は小声で船長に、

「出来れば、私たちだけにして頂きたい。これから調べる事は、全て内密にしておきたいので」

と、いった。幸い、まだ記者の姿は無い。同行者たちに外に出てもらってから、鈴木と二人で、船室を調べていった。

アメリカ大統領からの書面と親書は簡単に見つかった。

親書に、アメリカ大統領のサインがあることを確認してから、船長に向って、

「これを、間違いなく、近衛総理大臣にお渡しする」

と、伝えた。それでも船長が、不満そうにしているので、

「もし不審ならば、近衛総理に、直接確認してくれればいい」

と、いった。それで、ようやく、船長も石原の行動を是認してくれた。

この行動が公になれば、どんな邪魔が入るかもわからない。特に、陸軍次官の座を狙っている東條が知れば、彼がアメリカ大統領親書奪取に動くことは、間違いない。

二人は、急いで駆逐艦に戻って、横須賀に引き返す事にした。

3

その日の夜、石原は一人で、近衛首相の別荘に出かけていった。

石原が、アメリカ大統領からの親書を渡すと、近衛はさすがに、喜びの表情になったがそれでも顔色は冴えなかった。

「ご心配ですか」

と、石原がきいた。

「私が、一月に『国民政府を対手とせず』の声明を出した辺りは、私に賛成する人が多かったんだが、私の本音が戦争反対にあるとわかると、途端に、敵が多くなりました」

「それは、陸軍の話ですか？」

「いや、宮中の風向きですよ。とにかく皇族の伏見宮様や、秩父宮様は日中戦争に賛成ですからね」

「しかし、陛下は日中戦争の拡大には反対なさっているのでしょう？」

「それはわかっているんです。しかし、陛下の弟君の高松宮様も今の若さでは、若手の軍人や官僚に同調されますからね。それに現在、文部大臣で厚生大臣でもある木戸侯爵は、新華族とおだてられて、戦争拡大に傾いています」

と、近衛がいう。

「しかし、戦争を始めた若手の参謀たちは、思わぬ中国軍の抵抗にあって、開戦を後悔しているんじゃありませんか？　そんな話を聞いた事がありますが」

「確かに、彼等は、失敗だったといっています。しかし、石原さんだってわかっているでしょう。軍人というのは失敗したからと言って、中途で方針を変更しないんですよ。多くがその失敗を取り返そうとして、逆に戦争を拡大させる事が多い」

「陸軍大臣の杉山(すぎやま)さんは、私と関東軍時代は一緒でしたが、頭の良い人で、とにかく戦争だと言う様な、バカな人じゃありませんよ。参謀の武藤章(むとうあきら)だって、陸大を上位で出た秀才です。一撃打倒で、日中戦争を始めましたが、失敗だったとよくわかっているはずです。それに今、総理が言われた様な、失敗を取り返そうとして、無茶苦茶に突っ走る人間でもありません。現状を冷静に見て和平に動くと、思っているんです」

と、石原はいった。

石原が今、一番気になるのは近衛のいうように、宮中の動きだった。天皇が平和を希求している事はよくわかっていた。自分の時代に戦争はしたくない、平和でありたいという気持は、誰よりも強いと石原は信じていたからだ。

「その天皇陛下の御意向に反対する宮中の勢力が強くなっているんですか？」

と、石原は、きいた。

「今も言った様に、皇族の方々が問題でしてね。海軍軍令部総長の伏見宮様は、最初から最後まで戦争賛成です」

「しかし、陸軍参謀総長の閑院宮(かんいんのみや)様は反対でしょう」

「そうなんですよ。それが、不思議でした。閑院宮様が突然、日中戦争には反対だという談話を発表された時には驚きました。しかし、宮中グループにその変節を責められて、現在病気と称して軽井沢に閉じこもって出てこられないので、戦争反対の力にはなっていません」

と、近衛がいった。

「もう一つ心配なのは、二・二六の後遺症です」

と、石原がいった。

「二・二六を起こした若い将校たちですが、彼等があんな暴挙に走ったのは、昭和維新の歌にもあったように農村が貧しく、政治家や実業家や軍隊の上層部だけが驕り高ぶっている。それを陛下のお力によって直していただきたい。そう思って引き起こした訳でしょう。そうした若い将校たちの思想というのは、今も生きていると思うんですよ。そうした連中は、今の農家の窮状や人々の生活の苦しみを考えれば、日中事変の継続には反対のはずなんですが」

と、石原は言った。

「私も、そう思いますね。しかし、そうした若い将校たちの正義感を上手く利用しようとする連中もいるんです」

と、近衛が言った。そういう近衛が若い人たちの心を揺らそうとして、新しい運動を起こそうとしている事を石原は知っていた。政治家たちが争っているのではなくて、政治家全員が一緒になって新しい日本を築くという、「大政翼賛会」の構想である。

石原は、近衛がその事を言っているのかと思ったが、少し違っていた。

「私は、出来れば戦争などはせずに、日本経済を回復させたいし、世界の中で、大国日本の地位を確固としたものにしたい。そのための挙国一致の政治体制として、大政翼賛会を考えたんだが、軍や宮中の一部には、似たような言葉で、若い将校たちを、戦争拡大の方向に持って行こうとしている人たちが、いるのです」

と、近衛が、いう。

「その連中は、どんなことを口にしているんですか？」

「石原さんは、確か二・二六の時は、反乱軍に反対されていましたね」

「国を憂うのはいいが、他にもっと大事なことがあるだろうと思って、腹が立ったのですよ」

「しかし、決起した青年将校たちの心情には、同情されていたんじゃありませんか」

「フランスなどの若手将校は、資産家の貴族出身者が多いのですが、日本の場合は、出身は問わず、貧しい家の出の者も多いですからね。私もその一人です。農民出身の若手将校たちは、農民の貧しさをよく知っています。特に、昭和五年頃の農民の暮しは悲惨で、総理もご存知でしょう。娘の身売りのニュースが出たりしました」

「新聞にのった写真には、私も驚き、心が痛みました。あれは、間違いなく政治の責任です」

「そうです。あなた方の責任です。それを、若手の将校たちは、自分たちで解決しようとしたから、腹が立ったのです。しかし、気持は、よくわかった積りです」

「それで、今も、二・二六事件の時の若手将校たちと、同じ気持の将校が沢山いると聞きました」

「それは、多いでしょうね。現状に不満を持つのは、若者の特権ですから」

「そうした若手の将校たちを説得しているグループがいるというのです」

「軍の一部でしょう。そんな連中が、いつでも、軍の中にはいるものです。その中には、東條もいる筈です。しかし、彼は、天皇陛下の忠臣を自任していますから、陛下が、戦争反対でおられる限り、若い将校たちを煽動することは、出来ない筈です」

「それが、宮中の一部と結びついているという噂があるのです」

「東條がですか？」

「東條さんのことはわかりませんが、日中戦争の拡大を狙う軍の一部だと思います。東條さんは、陸軍参謀本部に入ることを願っていて、彼に期待する人も多いようですから、参謀本部に入ることがあれば、その中核になるかも知れません」

「宮中の一部というのは、どういう連中ですか？」

「はっきりしませんが、若い人たちということはわかっています」

「確かに、伏見宮様や、閑院宮様は、お年寄りですね。若手の反乱ですか？」

「かも知れません」

石原には、気にかかる存在があった。

「木戸幸一の名前を、よく聞くんですが」

と、石原は、いった。

木戸幸一は、侯爵木戸孝正の長男で、貴族院議員である。

「若手の革新華族」と、呼ばれたこともある。

「今、文部大臣、兼、厚生大臣ですが、宮中に入る可能性もあるんですか？」

と、石原は、きいた。

「昔、内大臣秘書官長だったこともありますからね。西園寺さんの信頼も厚いので、内大臣になり、陛下の側近として活躍することが、期待されています」

「華族なら、今でも、時々、宮中に入って、陛下の相談を受けている可能性がありますね？」

「それは、あるかも知れません」

「どんな信条の持主ですか？」

と、石原は、きいた。

「軍部の独走を阻止したいということでは、私と同じです。大政翼賛会設立に向けて、私に協力してくれました」

と、いって、近衛は、微笑した。

石原は、急に不安を覚えた。

あまりにも、木戸幸一という革新華族を、信用しているように見えたからである。いわゆる若手の軍人でも、官僚でも、野心が、平和と戦争のどちらに動くか、わからなかった。

しかし、その不安は、口にせず、石原は、

「何とか、一刻も早く、日中戦争を和平の方向に導いて下さい。現在、中国戦線は、不気味な静寂を保っていて、私の計算では、あと一ケ月間、日本軍は、動かないと見ています。その間に、ぜひ、近衛さんには、勇気を持って、国民政府の蔣介石（しょうかいせき）主席と、和平会談を持って頂きたいのです」

と、近衛を説得した。

近衛も、肯（うなず）いて、

「このアメリカ大統領の親書を、陛下にお渡ししたあと、内閣を他の人に譲って、出来れば、単独で、重慶に使者として立ちたいと思っているのですが」

「そうして下さい。国民政府の密使といわれる張群（ちょうぐん）という人物が、東京に現われています。明らかに、向うも、和平を望んでいるのです」

石原がいうと、近衛は、「実は――」と、いった。

「実は、張群と思われる人物から、電話がありました」

「張群と名乗ったのですか？」

「いや、南京の中国新聞の記者といっていましたが、新聞記者の口調じゃありませんね。キングスイングリッシュで、日本政府は、日中戦争をどうしようと思っているのか、聞かれました。あれは、外交官の英語です」

「それで、何と答えられたんですか？」

「名誉ある和平を求めていると」

「その線で、努力をお願いします」

と、石原は、いった。

4

すでに、夜が明けている。

石原は、どうしても、木戸という華族のことが気になった。

いったん、東京で、よく泊ることにしている帝国ホテルに入ると、誰に木戸幸一のことを聞いたらいいかを考えた。

選んだのは、陸大の同期で、東京の師団の連隊長をしている白井という中佐だった。

電話すると、

「明日は休日なので、会える。おれの方も、会いたかった」

と、返事があった。

白井の方から、ホテルに来てくれて、昼食を共にすることが、出来た。

まず聞いたのは、中国戦線のことだった。

「増援要請があって、行くことになっていたんだが、急に、待機命令に変ってね。どうなっているのか、連隊長のおれにはわからん」

と、白井は、いう。

「和平の話は、聞こえて来ないのか？」

「師団参謀なんかに聞くと、心配なのは、中国戦線ではなくて、ソ満国境だというんだ。そっちは、関東軍の問題だろう。どうなんだ？　ソ連軍は、越境してくるかね？」

と、逆に、白井が、きいた。

「日本軍が、中国との戦争を続けている限り、いつか、間違いなくソ連軍は、攻撃してくるよ。だから、一刻も早く、中国との戦争を止める必要があるんだ」

と、石原は、持論を展開した。

その話を、しばらくしたあと、石原は、

「時に、木戸幸一という人物を知ってるか？　現在、文部大臣で、東京オリンピックを担当している」

と、きいた。

「木戸幸一か。最近、時々、聞く名前だな。しかし、文部大臣としての名前じゃないよ」

と、白井は、いう。

「どんなことで、木戸の名前を聞くんだ？」

「おれたち軍人の誇りは、天皇陛下の軍隊ということだ。だから何とか陛下との繋がりを持ちたい。そんな時、間に立ってくれるのが、侯爵の木戸じゃないか。革新華族の一人だから、話がわかるという噂もあってね」

「若い将校グループと、若い宮中グループというわけか」

「近く、天皇の側近になるという話も聞いたことがある」

「他に、何か聞いてないか？　木戸幸一について」

「何か、この男について、心配ごとがあるのか？」

「宮中の若手グループの代表で、天皇の側近ともなれば、関心を持たざるを得ないよ。若手の将校たちも、木戸に関心を持っているんだろう？」

石原は、陸大の同期で、成績優秀で、参謀本部勤務になっている何人かの名前をあげて、きいてみた。

「金村(かなむら)なら、先週会ったよ」

と、白井は、ひとりの名前をあげて、

「話の中に、木戸幸一の名前が出てきて、関心の強さがわかった」

「金村は、何故、木戸に関心を持っているんだろう？」

「軍と宮中の若手同志が、手を結べば、国を動かせると、考えているんだろう」

「日本を動かすか。軍人は、そんな野心を持つべきじゃないんだがね」

と、石原は、いった。

この日は、他の話はなくて、別れたのだが、二日して、白井の方から電話してきた。

「ニュースを一つ。木戸と若手将校が、よく会っているのは、本当らしい。昨日、君の嫌いな東條が、新橋の料亭で、木戸と会っていたと話す友人がいる。彼の話によれば、木戸は、近く陸軍次官就任が予定されている東條のスパイじゃないかということだよ」

「スパイ？」

「東條が、特高を使って、要人の秘密を探ったり、逮捕したりしているからだろう」

「二・二六の時も統制派の東條が、反対派の皇道派の将校を、片っ端から逮捕したのは、有名だからな」

「君も、用心した方がいいぞ」

と、白井が、いった。

（木戸は、東條のスパイか）

石原の知っている木戸の関係者といえば、長州藩の木戸孝允（たかよし）で、明治維新の三傑といわれた名前になってくる。幸一は、その孝允の孫である。

木戸孝允は長州藩士で、大久保利通（おおくぼとしみち）と並ぶ明治維新の功労者である。

しかし、坂本龍馬や、西郷隆盛のような明るさはない。

大久保利通と二人で、徳川打倒に反対する孝明（こうめい）天皇を毒殺したとの噂もある。会津戦争では、降伏した会津藩士を、北の寒冷地に追いやって、多くの死者を出したともいわれている。

その時の苦しさから、会津藩士は、西郷は許せても、木戸は許せないというらしい。

その孫の木戸幸一にも、冷たい策士の素質があるのではないのか。

5

五月六日。

氷川丸は、横浜港に着岸した。

嘉納治五郎の告別式は、講道館大道場で行われると、新聞に発表された。

日本オリンピック委員会は、嘉納治五郎の後継者、新しいオリンピック委員を決めるための会議に入ったという。

亡くなった嘉納治五郎の偉業を伝える写真、記事と、戦争の写真が、ほとんど同じ大きさで、新聞にのっている。

戦争の記事、写真といっても、激しい会戦の写真や記事は少くて、その多くは、現地で、日本の花見を楽しむ兵士たちというようなものだった。

東京市の使者として、アメリカで、東京オリンピックの宣伝に当っていた古賀が、急遽、日本に帰ってきた。嘉納の死が、伝えられて、帰国の命令が、出たからだった。

この時も、石原は、鈴木と、横浜に、古賀を迎えに行った。

古賀は、少し疲れて、痩せたように、見えた。仕事の疲れというより、やはり、嘉納治五郎の死のショックだろう。

石原はその時、古賀に、アメリカ大統領の親書は現在、近衛首相に渡してある事を伝えた。

「近衛首相から天皇陛下に渡され、その時、陛下が近衛さんに中国国民党との和平工作をやれと命令されて、近衛さんが国民政府の蔣介石に会ってくれれば一番いいと思っている。そうすればかなりの確率で、日中戦争が終わるからね」

と、石原はいった。

「日本に帰ってすぐ新聞を読んだんですが、相変らず紙面の多くが日中戦争に割かれていますね。陸軍の動きはほとんど伝えられませんが、中国の都市を爆撃している日本の航空隊の話は大きく載っていました」

「そこが救いなんだ。飛行機は飛んでいるが大きな会戦は起きていない。実際問題として現在日本陸軍は、三十個師団に増えている。三十個師団無ければ、あの広い中国では戦えない。そして、日本の現在の国力からいくと三十個師団が精一杯だ。これ以上増やせば、日本経済を圧迫してしまう。だから新しい作戦になかなか入れない。その間に、私が希望している和平工作が成功するといいと思っているんだがね。東京オリンピックの話も軌道に乗って、主催する東京市の方も組織の変更があったようじゃないか」

石原が話題を変えた。古賀が笑って、

「そうなんですよ。私は依然として市長直轄のオリンピック宣伝係ですが、今までの経歴優先の人事で、代り映えはしません。まあ、それが日本の官庁の良い所でもあるんでしょうがね」

と、いった。

「競技場の場所も、決ったたし、予算もついたと、新聞には載っていた」

「それで私もホッとしているんです。とにかく予算が計上されれば、日本の役所というのは、途中で変更して中止はしませんからね」

「今のところは順調だね。日中戦争の収束の方も、東京オリンピックの開催の方も」
と、鈴木が横から言った。

6

近衛首相から、石原に連絡が入った。アメリカ大統領の親書について、「陛下に渡してもらうように、木戸君に預けた」というのだ。

近衛といえど、やはり天皇には簡単に会えないのだろう、と石原は考えた。

親書の行方が気になったが、石原にとってショックな事実が新聞に掲載された。日本陸軍が、現在の三十個師団から二個師団増やすというのだ。

誰が考えても現在の陸軍は、三十個師団が精一杯で、だからこそ日中戦争で中国を持て余しているのである。それなのに師団を増やすというのは和平より、戦争継続を考えての行動だとしか思えなかった。

現在の徴兵制度では日本の国力などを考えると、二個師団も増やせるはずはないのだ。とすれば臨時の師団となってしまう。兵士の数も少く、大砲・戦車、その他の数も少いし、旧式の兵器を持った師団が二つ出来上り、そうした臨時の師団でも相手が中国軍なら勝てると考えたのだろうか。もしそうならば、今後、冒険に出る恐れがある。

古賀にとっては、今のところ、全てが東京オリンピック開催の方向に向けて動いている様に見えた。オリンピックの予算もついたし、嘉納治五郎の後継者も決った。そして、国民の間には、亡くなった嘉納の志を生かして東京オリンピックを何としてでも開催しようという声も生れてきていたからである。

嘉納治五郎の死をマイナスに考える者もいた。この頃、近代オリンピックの創始者であるクーベルタンが死亡し、続けて嘉納治五郎が死んでいるからだった。

そんな古賀の下に、サンフランシスコに残って、地下足袋の販売に精を出している綱田洋介(つなだようすけ)から、手紙が、届いた。

「取りあえず、近況をお知らせします。

奮闘努力、悪戦苦闘の甲斐もなく、地下足袋をアメリカ人のアスリートたちに履かせることには、失敗いたしました。わずか二百年弱の歴史しか持たぬアメリカ人にしても足元の改革は、苦手と見えることに失望致した次第です。

しかし、捨てる神あれば、拾う神ありのたとえなのか、私の悪運の強さなのか、アスリートに拒否された地下足袋が、工場労働者に、大受けなのです。

調べてみると、アメリカの工場労働者の履く靴は、不恰好で、鉛のように重く、ひたすら、労働者の足を痛めつけているとしか思えないのです。その点、わが地下足袋は、丈夫で軽く、しなやかで、労働者が喜ぶのは当然なのです。そのため、ある自動車工場では、労働者が、『われらに、日本製の地下足袋を履かせよ』と、ストライキを実行したというのです。おかげさまで、わが地下足袋は、売れに売れ、その噂が、中・南米の労働者、農民の間にも広がって、そちらの販路も、広がりました。

今や、私、綱田洋介は、地下足袋長者と呼ばれるようになりました。これも全て、地下足袋のおかげ、東京オリンピックのおかげと思い、無事開催の折には、馬鹿でかいものを寄附させて頂く考えであります。

嘉納先生の死は、あまりにも悲しい。しかし先生の思いは、必ず、東京オリンピックの開催に結びつくと、確信しております。

綱田洋介

古賀大二郎様」

読み終えた古賀には、これが、東京オリンピック開催の明るい予兆なのか、逆なのか、判断がつかなかった。

第六章　最悪へのレース

1

氷川丸の船上で亡くなった嘉納治五郎らＩＯＣ委員の活躍によって、ようやく、昭和十五年（一九四〇年）の東京オリンピックの開催が確認され、同時に冬季オリンピックの会場として、札幌が選ばれる事も確定した。

開催地である東京市と、関係者たちの喜びが膨れ上った。これで正式に、二年後の東京オリンピックに向って活動が出来るからである。

アメリカに宣伝に行っていた、東京市の宣伝担当の古賀も、東京に戻って来た。しかし、本当の困難に直面するのはこの時からだった。もちろん進展もあったが、困難の方が多かった。その第一は何といっても、日中戦争だった。日本政府も軍も、戦争とは言わず「支那事変」と言っていた。しかし外国から見れば明らかに戦争であり、日本の中国に対する侵略であった。

この時点では、和平に向うのか、戦争継続なのか不明だった。東京オリンピックの一九四〇年までに日本が戦争を止めなければ、多くの国が東京オリンピックをボイコットするだろうという声が、国内でもあがり始めていた。また、日中戦争が生み出す、二次的あるいは三次的な問題も持ち上ってきていた。

その第一はもちろん、日本に対する諸外国の反応だった。アメリカのＩＯＣ委員のブランデージは終始、東京オリンピックを支持してくれていたが、ここにきてアメリカの多くの通信社や新聞社が、東京オリンピックに対して否定的な論説を出すようになった。

アメリカだけではない。イギリスの新聞も東京オリンピックのボイコットを呼び掛けるような論説を載せるようになっていた。とにかく、一刻も早く、日中戦争を終らせなければならない。この事を、東京市や東京大会組織委員会がどんなに申し入れても、軍部はなかなか動こうとしない。

そこで、古賀たちは、陸軍きっての天才と言われる石原莞爾に和平への助力を依頼している。今のところ、石原莞爾が、上手く立ち回っていてくれて、和平への目鼻がつきそうな空気になっていた。しかし、軍部が日中戦争を止めるかどうか、和平に動くかどうかは、いぜんとして不明だった。

第二は陸軍部内の動きだった。二・二六事件で皇道派が勢いを失い、統制派が台頭してきた。日本を強国にする為に、あるいは日中戦争の長期化に備えて「国家総動員法」の必要性を叫び、日本政府もその法律を作った。つまり、日本の国家の全てを総動員して長期戦に耐えられる体制を作るという法律である。その為に、多くの物資は統制下に置かれた。

その中にはオリンピック施設の建設に必要な鉄鋼なども、含まれていて、東京オリンピックの為に使用する事が、難しい情勢になっていった。

第三は、陸軍の東京オリンピックに対する態度である。組織委員会の委員の中に、陸軍次官の梅津美治郎（うめづよしじろう）が入っていたが、オリンピックに対する態度はあくまでも、国家あってのスポーツであるとの意識に貫かれていて、何かというと、東京オリンピックについて不満を口にした。

例えば、東京オリンピックで必ず実施しなければならない競技種目がある。近代五種競技や馬術、射撃、フェンシングなどである。梅津陸軍次官は、フェンシングについて、

「日本には剣術という、立派な剣技がある」

として、東京オリンピックの種目として認めないのである。また、近代五種競技や射撃にも反対していた。

その中の馬術については、ロサンゼルスオリンピックで陸軍の西竹一大尉（当時は中尉）が優勝した為に、他七人の馬術の教官を競技に参加させると言っていたのだが、日中戦争が一向に解決に向わないことで、西大尉ら優秀な若手将校たちは、軍隊にあって軍人としての任務に当るべきで、東京オリンピックの馬術の如きスポーツには参加させないと、拒否の態度を突然とってきたのである。

第四は、オリンピックに必要な予算の問題だった。東京オリンピックの開催が決った為に、ＪＯＣ委員らは総理大臣の近衛文麿に向って追加予算を要求した。しかし、何事にも優柔不断な近衛は、追加予算についてオーケイを出さなかった。

第五は、国内の政治家からの反対意見だった。その急先鋒が政友会の人間で、日本の政界に発言力を持っている衆議院議員の河野一郎だった。

元々は東京オリンピックに賛成の河野だったが、

「この非常時に大金を使って東京オリンピックを開催する意味があるのか」

と、国会で、政府を攻撃し始めたのである。この時、河野は突然、オリンピックの

開会式における天皇の役割について質問した。オリンピック憲章には、
「君主または元首が開会を宣言しなければならない」
と書かれている。となると、当然天皇が開会を宣言するという事になるのだが、日本の天皇は単なる君主や元首ではなく「現人神（あらひとがみ）」である。その為、天皇の声を放送する事は許されていなかった。東京オリンピックが開催され、天皇が開会を宣言するとなると天皇の声が放送されてしまう。これは果して許されるのか。許されないとすれば、オリンピック憲章は日本の天皇制とは合わないのではないか、と言い出したのである。

この事が大きな問題となってしまった。天皇が東京オリンピックで開会を宣言出来ないとすれば、この事をオリンピック委員会に申し出なければならない。それが果して可能かどうかについて、日本国内が揉めてしまったのである。

第六は、近代オリンピックの創始者と言われるクーベルタンが、嘉納治五郎に先立って亡くなってしまった事だった。

彼の考えるオリンピックは余りにも理想主義的だという批判があったが、クーベルタンは最後まで東京オリンピックを支持してくれた。そのクーベルタンが亡くなってしまったのである。

それに合わせたかのように、アメリカの世論が東京大会の開催に異を唱えるようになった。

こうした反対の力に対して、賛成の力もあった。

第一は、東京オリンピックには嘉納治五郎の遺志が生きているという声だった。嘉納治五郎の遺志を忘れるな、あるいは無駄にするなという声は日本国内に広がっていたから、これは、明らかに東京大会開催の力になっていった。

第二は東京市長の懸命な努力である。先々代の東京市長永田秀次郎（ながたひでじろう）は、

「昭和十五年に東京でオリンピックを開催しよう」

という声を上げ、以後、現在の東京市長小橋一太（こばしいちた）も、東京オリンピック実現に向けて先頭に立ち、政府や陸軍に対して必死に協力を要請し続けた。

第三は、嘉納治五郎亡き後の、もう一人のＩＯＣ委員副島道正（そえじまみちまさ）の頑張りだった。副島は伯爵で、大日本バスケットボール協会の会長をしていた。当時のＩＯＣ委員はその多くが貴族や富豪で、サロン的な雰囲気を持っていた。華族の生れでしかもケンブリッジ大学を卒業し、国内外に知己（ちき）の多い副島は、嘉納治五郎と同じようにＩＯＣ委員としては最適と言える存在だった。

嘉納治五郎が亡くなった後も副島は一人で政府に向って、また世界に向って、東京

大会開催の為に積極的に動いた。ただ、オリンピックに対する考え方は亡くなった嘉納治五郎とは全く正反対だった。それがはっきり出たのは、ベルリンオリンピックの時である。

ベルリンオリンピックはある意味大成功だったといえる。ヒトラーが先頭に立ち初めて聖火リレーをやり、テレビ放送をし、そして有名な映画も作られた。

これをオリンピック最大の成功という人もいたが、ヒトラーが率いるナチスのプロパガンダではないか、と見る人もいた。嘉納は肯定的だったが、副島はベルリン大会については否定的だった。ナチスのプロパガンダと見ていて、東京では出来ればあまり国家が表に出ないように、クーベルタンが考えたようなオリンピックにしたいと思っていた。その事が副島の長所でもあり、また短所でもあった。

第四は、ロサンゼルスオリンピックや、ベルリンオリンピックで優秀な成績をあげたアスリートたちの存在だった。

ロサンゼルスオリンピックでは馬術で陸軍の西大尉が優勝したし、陸上では三段跳び、走幅跳び、棒高跳びなどで優秀な成績をあげた。また水泳ではアメリカを大きく凌駕（りょうが）するほどの成績で多くの金メダルを手に入れた。こうしたアスリートたちの活躍を東京オリンピックで期待するという人々の熱意が、東京大会開催の力になっていた。

その中に、陸上長距離選手の村社講平（むらこそこうへい）がいた。身長百六十二センチという小柄な村社講平を一躍有名にしたのはベルリン大会だった。何故なら、五千メートル、一万メートルの決勝までいったからである。当時一万メートルという長距離レースでは北欧の長身の三人の選手がメダル候補だった。

ところがベルリン大会で一万メートルの決勝が始まると、百六十二センチの小さな村社がいきなりトップに立った。それを三人の長身のメダル候補たちが追う。

途中で抜かれながらも、立ち向っていく村社の姿に、観衆は感動して、

「ムラコソ、ムラコソ」

「ヤーパン、ヤーパン、ヤーパン！」

と日本と彼の名前を連呼し、彼の活躍を応援した。

結局、三人のメダル候補に負けて、村社は四位になったのだが、彼は続けて五千メートルの決勝にも出場し、デッドヒートを演じた結果、こちらも四位になった。

その村社は、東京大会では優勝を狙っていた。連日練習を積み重ねていたが、行きつけの青山の靴店にスパイクの修理を頼みに行ったところ、例の国家総動員法でスパイクの製造が中止されていると聞かされて愕然（がくぜん）となった。

ところが、二日後、突然綱田洋介（つなだようすけ）という男が村社を訪ねてきた。オリンピックのス

パイクシューズの代りに、日本の地下足袋を使って貰いたい。その宣伝の為にアメリカへ行き、採用はされなかったが、日本の地下足袋を愛用する選手が多くなり、現在大量に生産している。そこで村社さんにも、東京オリンピックでは是非今までのスパイクシューズに代って日本の地下足袋を履いて頂きたい。そう言って、村社の足のサイズに合わせた十足の地下足袋を置いていったのである。

試しにその地下足袋を履いて走ると、今までのスパイクシューズより遥かに軽い。そして足の指が地面をうまく摑んで走りやすい事がわかった。

そこで村社は大日本体育協会に地下足袋を持っていき、自分も東京大会では長距離に地下足袋で出場したいと思っているが、他の選手にもこの地下足袋を履いて、東京大会に出るように薦めて欲しいと話した。それが新聞にのって、話題となった。

そして、古賀にとって、最大の希望は、アメリカ大統領から日本の天皇に送られた、

「戦争を避け、平和に尽力する」

という親書だった。

天皇も戦争には反対なので、アメリカ大統領の親書を受けて、皇族で陸軍参謀総長になっている閑院宮、あるいは陸軍大臣などに天皇が呼び掛けてくれれば、日中間の和平は達成されるかも知れない。

奇跡的に日中戦争は、終わるかもしれない、という期待を古賀たちは持っていた。石原莞爾は、その親書を近衛首相に託して、天皇に渡す事を頼んだ。

昭和十三年一月の、

「国民政府を対手とせず」

という声明を、我が人生最大の失敗と悔やんでいた近衛は、この親書を天皇に渡す事を承諾した。また、機会があれば国民政府の蔣介石主席と会い、和平について話し合いたいという決意を石原に披瀝した。

石原は近衛が、優柔不断な性格であるとは知っていたが、今回はアメリカ大統領から天皇への親書を頼んであるので、上手くいけば天皇の指示で、近衛が国民政府の蔣介石と会ってくれるかもしれない、と期待した。

その後の近衛の話では、華族の中でエリートと呼ばれ、将来の内大臣と期待されている木戸幸一に、「親書を託した」という。近衛は木戸幸一の人柄について、石原にこう説明した。

「現在、文部大臣兼厚生大臣です。木戸孝正の長男で華族の中でも特に将来を属望されています。天皇の信用も厚く、いずれ内大臣として天皇の相談役になる事が期待されています。ですから、安心して木戸に親書を頼みました」

確かに、木戸幸一は華族のエリートとして将来を属望されている人物だった。

「全てが上手くいけば、確実に日中戦争は終結する」

と石原は確信した。

このまま天皇が日中戦争の終結を陸軍に命じれば、武藤章（むとうあきら）参謀たちも、「天皇の命令」という事で日中戦争を止める事が出来るだろう。石原はそう考えた。

石原は時々満州を離れて東京に来ていた。現在の地位は関東軍参謀副長で、参謀長の東條英機（とうじょうひでき）の下である。しかし、石原は、参謀長の東條に断る事なく、満州を離れて東京に来ている事が多かった。東條が腹を立ててクビにすれば、その時はそれでいいと考えていたのである。

東京の帝国ホテルで会った時、古賀は石原に聞いてみた。

「石原さんから見て、日中戦争は終結しそうですか？　それともこのまま長期戦に入っていくでしょうか？」

石原は、ためらわずに、

「私の勘で言えば、六対四くらいで和平に向うと思っている」

「その理由はやはり、アメリカ大統領の親書ですか？」

「もちろん、それもある。しかし私が色々と調べてみると、陸軍の中枢は間違いなく日中戦争の拡大は失敗だったと考えている。若手の参謀たちは優秀だが実戦の経験が少いから、優秀な参謀ほど、日中戦争では一撃で中国軍が降伏すると思っていた。それは間違いだと何回も言ったのだが聞き入れられなかった。それが今では後悔している筈だ。一撃論の若手の参謀たちも今は、何とかして長期戦になりそうな戦争を止める機会を狙っていると、私は聞いた。今のままの雰囲気でいけば、確実に日中戦争は終結する」

「帝国陸軍が長期戦に突入しそうな心配はありませんか？」

と、古賀は更にきいてみた。

「心配はある。第一の心配は軍隊というよりも、帝国陸軍自体の問題だが、兵力を注ぎ込んで敗北した時には戦争を終結させれば良いのに、帝国陸軍はその失敗を取り返そうとして更に兵力を注ぎ込んでいく。そうして失敗を重ねていくんだ。そうした病癖があるんだよ。これが心配の一つだ」

「他にもありますか？」

「ほとんど可能性は無いんだが、もしこれが、実際に起きれば、和平の道は消えてしまう」

と、石原がいった。

「そんな大きな問題がどこにあるんですか？」

「現在、日本側が和平を提案すれば、国民政府の蔣介石は必ず賛成してくる。これは間違いないんだ。問題なのは、中国のもう一つの勢力、中国共産党軍の存在だ」

「毛沢東が率いる中国の共産勢力ですね」

「そうだよ。今のところ私は大きな力だとは思っていない。中国の大部分を支配しているのは国民政府の蔣介石だと私は思っているから、安心しているんだ。日本が、今、和平を提案すれば、必ず応じる。しかし中国の共産党軍は別だ。彼等は、コミンテルンの指示で動くから、和平提案には応じて来ないだろう。だから彼等が、強大にならないうちに、この戦争は、止めたいんだ」

と、石原は、いった。

石原は、共産主義が嫌いだった。というより、共産政府や、共産国家を信用していなかった。共産党軍もである。

その一例が、ソビエトだった。

石原は、かつて、シベリアを旅行したことがあった。

モクスワに入ると、一介の大佐にすぎない石原を、当時のソ連軍参謀総長がわざわざ招待して、日ソ不可侵条約を提案したのである。

石原は、儀礼的に賛意を口にしたが、ソビエトの本音は、満州を取り戻すことにあると感じた。だからこそ、ソビエトは、着々と、ソ満国境の軍事力を強化していると見抜いたのだ。

この時、石原の見た極東のウラジオストックは、さびれ切っていた。ウラジオストックを含めて、沿海州全体が疲れて元気がなかった。ソ連政府は、民間部門に力を入れて、沿海州の経済を立て直そうとすべきなのに、それをせず、ソ満国境の軍隊を増強している。これは、満州を取り戻せば、自然に、沿海州も豊かになると考えているからなのだ。

ソビエトのそういった方針が垣間見えたため、石原は、信用しなかった。

中国共産党や共産党軍も、石原は、信用していない。

だから、彼等が力をつける前に、日中戦争を終結に持っていきたかったのだ。

2

東京オリンピックについては、良い知らせと、悪い知らせが、交錯して、古賀たちを悩ませていた。

メインスタジアムの建設には、千トンの鋼鉄が必要だといわれた。

それに対して、海軍からは、千トンの鋼鉄があれば、駆逐艦が一隻出来ると文句が出たことがあった。古賀たちにしてみれば、駆逐艦たった一隻分じゃないかと反撥したかったのだが、その鋼鉄千トンが、確保できたという知らせが入ったのである。

それを知らせてくれたのは、副島だった。

小橋東京市長も喜んだし、同席していた古賀も、快哉を叫んだ。それでメインスタジアム建設のメドが立ったからである。

「東京オリンピックの宣伝の方は、順調にいっているのかね？」

と、副島が、古賀にきく。

「すでに宣伝ポスターは出来ていて、内外の関係者や関係機関に送る手続きをすませました。委員の分も用意してあります」

古賀は、用意しておいたポスター入りの封筒を、副島に渡した。その封筒にも、東京オリンピックのマークが入っている。

「政府の中で、荒木さんは今も積極的に東京オリンピックを後援していますか？」

と、古賀がきくと、副島が答えてくれた。

「それが不思議なことに、支持してくれているんだ。陸軍皇道派のリーダーで、国家あってのスポーツと言いそうな人物だからね。先日も、政府部内に、反対意見が出た時、荒木さん一人が、最後まで東京オリンピックを支持すると主張されたらしい。不思議な人物だよ」

「確かに、私も、そう思います」

と、古賀が、いった。

「私は、アメリカに行く前に、お会いしたんですが、その時も、荒木さんに励まされ、その上、綱田という不思議な人物を紹介されました。日本の地下足袋を、スポーツ・シューズとしてアスリートに履かせようと考えている男です」

「その男なら、私もよく知っている」

と、副島は、笑顔になって、

「スパイクシューズの製造が中止になるというので、選手たちが騒いでいたら、綱田なる人物が、地下足袋を売り込みに来たんだよ。すでに村社選手は愛用しているといってね。それで他の選手たちが履いてみたら、これが軽くて走り易いと評判がよくてね。その場で、選手たちが、五足、十足と買っていた。東京オリンピックがどうなっても、一番儲けるのは、あの男じゃないかね」

そのあと、少しその場の雰囲気は、なごやかになった。

自然に、楽観的になってくる。

まだ決っていない追加予算についても、小橋市長が心配すると、副島は、

「即答せずに、考えておくというのは、近衛さんの口癖でね。駄目だといったわけじゃないんだ。関係省庁と協議して決めるということで、私は、五百万円の追加予算は出ると思っている」

と、いった。

「私は、国民のお祭り好きに期待しています」

と、いったのは、小橋市長だった。

「日本人はもともと、お祭りが、好きなんです。いつもは苦しくても、お祭りの時に、全てを発散して、わあッと騒ぐんです。その点、オリンピックは、バカでかいお祭りですよ。東京オリンピックが決った時、いろいろな会合で意見を聞いたんですが、反対はありませんでしたよ。戦争とか、物価統制とか、日頃、押さえつけられているから、オリンピックで、いっきに発散させたいんですよ。その意気込みに、私は期待しているんです」

古賀は、梅津陸軍次官に、聖火リレーをすすめたことを話した。

「軍人さんというのは、何か手柄を立てたいと考えていますから、ギリシャから日本

の東京まで、聖火リレーをする、その使命を利用して、世界の国々の政治や軍事情勢を調べたらどうですかと進言したんです。邪道ですが、梅津次官は、乗り気でした。上手くのってくれれば、梅津次官は、東京オリンピックの推進者になってくれるかも知れません」

「それでわかったよ」

と、副島が、笑った。

「組織委員の一人で、いつも、日本的なオリンピックといっているのに、先日会ったら、ニコニコして、世界を相手のオリンピックも悪いものじゃないと、いっていたよ」

「彼は、日本を盟主にしたアジアの解放をよく口にしていますから、ビルマやインドを旅行して、独立グループとコネをつけてくる気じゃありませんかね」

と、他の委員が、いった。

古賀にしてみれば、目的はどうあれ、東京オリンピックを支持してくれればいいのだ。他にも、東京オリンピックに期待する人たちがいた。

それが、テレビ関係者だった。

オリンピックのテレビ放送は、前回のベルリン大会で、すでに始まっていた。

ヒトラーは、自信満々だったが、実際の放送では、優勝者の顔がよくわからない程度のものだった。

日本テレビ技術界の第一人者といわれる高柳健次郎（たかやなぎけんじろう）は、自信満々に、いった。

「映像の鮮明さにおいては、ドイツをはるかに凌（しの）いでいますから、日本内地なら自信があります。東京オリンピックの頃には、誰もラジオなんて聞かずに、テレビで映像を楽しむことになる筈です」

高柳は、その時、浜松高等工業学校（後の静岡大学工学部）の教授だった。

東京オリンピックでのテレビ中継を考えた日本放送協会は、テレビの第一人者の高柳を招くと同時に、テレビ研究に三百万円（ビル一つ分の建築費）を投入した。

ベルリンオリンピックの時のテレビの走査線は百八十本だったのに対して、日本放送協会が決めた東京オリンピックのテレビ放送の方式は、走査線四百四十一本、毎秒送像数は二十五で、はるかに鮮明な画像が送れる筈だった。

但（ただ）し、受像機は、大量生産が難しいので、各家庭で見ることは不可能と考えて、

東京　約四十ケ所
大阪　約三十ケ所
名古屋　約二十ケ所

の公衆受像所を設けることを決めた。

日本放送協会は、オリンピック組織委員会に具体的な放送方法を提出した。

例えば、メインスタジアムで、何処(どこ)にカメラを置くかといったことである。

ゴール地点のスタンド下部と、トラックの間、スタート地点のスタンド上部に望遠レンズ付の固定式カメラを置く。

フィールド内は移動式カメラ二台ないし三台でカバー。

新聞も、このテレビ放送を取り上げて、こんな風に書いた。

「研究室内に止っていた我国のテレビジョンが、皇紀二六〇〇年のオリンピック東京大会を機会にいよいよ実用化されることになり（中略）ベルリンにおけるテレビ施設よりも一層優秀な方式を実施して大衆に奉仕すると共に我国科学と技術の水準を広く世界に認識せしめんとするものである」

このことは、古賀たちにとって、嬉しい援軍に思えた。

東京大会の規模が、大きくなればなるほど、中止は難しくなるだろうと思えたからである。

同じ頃、古賀が、梅津陸軍次官に献策した世界をめぐる聖火リレー案を、陸軍参謀本部が取り上げたという知らせがあった。

もちろん、オリンピックの聖火リレーに賛成したのではなく、中央アジア一帯をはじめ、中国、ソビエトなど、各国の軍の配備状況などを探れることに、賛成したのである。

古賀は、陸軍参謀本部に呼ばれた。待っていたのは、若い将校たちだった。

「われわれは、東京オリンピック組織委員会の考えた聖火リレーに賛成である」

と、いきなり、いわれた。更に、

「この計画の実行のため、陸軍としては百万円を援助する用意がある」

と、いう。

古賀は、計画が上手くいきすぎたことに、却って、警戒心がわいてしまった。

「ありがたいことですが、そちらの条件を教えて下さい」

と、いった。

「条件は、二つだ。一つ目は、われわれの決めたルートを通って貰いたい。二つ目は、聖火リレーにわれわれの二人ないし三人を加えることだ」

若い将校たちは、自分たちの希望するルートの地図を見せた。

ほっとしたのは、古賀たちの考えた聖火リレーのルートと、ほとんど同じだったからである。

ただ、問題は、通過する国の大きさに関係なく、要する時間がまちまちなことだった。それは、それだけスパイしない国の通過時間が短いということなのだろう。

「日中戦争の最中ですから、聖火が、中国の国内を通過するのは難しいと思いますが」

古賀が、いうと、将校たちは、事もなげに、

「聖火リレーの通過中は、一時、戦闘停止にすればいい。われわれとしては、何としてでも中国国内を通りたい。特に、中国の奥地だ。君たちが、何とか中国政府を説得しろ」

と、いう。

「中国国内の通過には、どのくらいの時間が必要ですか？」

「十日間、いや、半月間が必要だ」

「とすると、その間、戦闘は停止ですね？」

「そうだ。中国の民衆も喜ぶだろう。何とか、相手を説得しろ。これは、あくまでも、オリンピックの一環としての聖火リレーだからな」

若い将校たちは、押しつけるように、古賀に、いった。

古賀は、すぐ、このことを石原に報告した。

この時も、石原は、東京にいた。そして、会うのは、いつも帝国ホテルである。

「参謀本部の若い連中も、よほど困っているらしい」

と、石原は、いった。

「中国軍の強さがわからないんだろう。何故、降伏しないのか、何故、がんばるのか、それが若い連中には不可解なんだ。それで東京オリンピックに乗じて、その理由を知りたいんだろうが、私にいわせれば、そんなことをしなくとも、中国の民衆の顔を見れば、一筋縄じゃいかないことは、すぐわかる筈だよ。第一、あの国土の広さ、あの人間の数だけ考えたって、小さな日本が巨大な中国を支配できる筈がないだろう。何故、それがわからんのか、理解に苦しむね」

「私としては、一時的にしろ、日中双方が、休戦状態になればいいんです。参謀本部の若い将校達が、一時的な停戦を素晴しいと考え、それを終戦に持っていってくれれば、東京オリンピックを開催できますから」

古賀の言葉を受けて、石原が、熱っぽく説明する。

「私はオリンピックには、正直いって、関心はない。私の関心は、日中戦争の終結だ。一刻も早く、終結させなければ、必ず日本は滅亡する。何故なら、次の大戦は、否応なくやってきて、日本はそれに巻き込まれる。相手は、アメリカかソビエトか、イギリスかわからん。だが、今でも三十万の兵力が中国大陸に釘付けになっているんだ。中国軍は、どんどん近代化していくだろうから、そのうちに、百万の兵力を注ぎ込むことになる。つまり、それでも、日本軍は、中国軍に勝てないということだよ。形としては、連戦連勝だろうが、奥地に引きずり込まれるだけだ。占領地が広くなれば、それだけ人員が必要だから、三十万人が百万にふくれあがるんだよ。そんな時に次の大戦に突入したらどうなるのか。若い連中は、アメリカが相手だって平気みたいなことをいっているが、条件が対等でも難しい相手なのに、中国本土に百万の兵力を縛られて、戦うんだよ。勝てる筈がない」

石原の考えを聞いても、古賀は、東京オリンピックのことで精一杯で、次の大戦のことまで考えられなかった。

「参謀本部の若手将校の考えを、どう思いますか？　聖火リレーのルートの点検と称して、中国本土全体を調べるという考えですが」

古賀が、そのことに絞って、きくと、石原は一言の下に、

「中国が一時停戦に応ずる筈がない」

と、否定して見せた。

「駄目ですか」

「戦争の終結には、蔣介石は応じるが、一時停戦には応じないよ」

「石原さんは、どうして蔣介石は終戦の交渉には応じると思うんですか？」

「蔣介石には、日本以外に、大きな敵がいるからだ。蔣介石にとっては、その敵のことが心配だからだ」

　と、石原は、いう。

「どんな敵ですか？」

「毛沢東の中国共産党軍だ」

　と、石原は、いった。

「しかし、まだ、大きな軍隊にはなっていないんじゃありませんか。先日、参謀本部で、若手の将校たちに、会った時も、中国共産党軍の話は、全く出ませんでした。話すのは、国民政府の蔣介石の軍隊のことだけでしたが」

「去年の七月、中国共産党軍が突然、上海に侵入して、日本部隊を攻撃したことがある。これは撃退したが、中国共産党軍は、日本軍を攻撃するだけの力を備えてきたということだよ」

「日中戦争に影響してきますか？」

「彼等が出てきたら、日中戦争にとって、最大の問題(ファクター)になる」

と、石原は、いった。

「どんな風にですか？」

「一番の脅威は、国共合作だ」

「しかし、蔣介石は、中国共産党が、嫌いなんでしょう。一応、手を結びましたが、実際には何も動いていないのでは？」

「中国民衆が、侵入者の日本軍に対して、手を結んで戦えと叫び出したら、蔣介石にしてもそうせざるを得なくなるだろう。そうなったら、蔣介石は、勝手に日本と和平できなくなる。民衆の敵にはなりたくないだろうからね」

「今しかない、と。まだ和平は出来ますか？」

「さっきもいったように、蔣介石が今、一番欲しいのは、和平だからね」

と、いってから、

「それも、一刻も早い和平が、必要なんだ。だからこそ蔣介石は、近衛首相にも会うだろうし、和平にものってくる。しかし、共産党軍と、国共合作が動きはじめたら、万事休すだよ。私も、明日、近衛さんに会って、せかしてくるつもりだ。時間がないことを教えてね」

と、石原は、いった。

その言葉通り、石原は、翌日、アポを取らずに、強引に近衛に会った。

「時間がありません。一刻も早く、蔣介石に会って、日中戦争を終らせて下さい。その気なら私が、蔣介石に連絡をつけます。そのルートを持っていますから」

石原は、一方的に、近衛に迫った。

「私は、そのつもりです」

と、近衛が、いう。

「本当ですか？」

「陛下にお会いする機会があったので、日中和平の会談を国民政府の蔣介石と持ちたいと申し上げました」

と、近衛がいう。石原は感動した。近衛を優柔不断と見ていたからだった。

「それで陛下は、何といわれたんですか？」

「明日、私の考えをいうとのことで、翌日、『今少し、様子が見たい』と仰せられた」

「蔣介石とすぐ連絡を取れといわれなかったんですか？」

「いや、各方面の意見を聞く必要もあるので、しばらく待てといわれました」

と、近衛が、いう。

「和平を実現するためには時間がないんです。陛下は、各方面の意見を聞かれるため、しばらく待てといわれたんですね？」

「そういわれました」

「誰の意見を聞かれたんだろうか？」

「そこまでは、わかりませんよ」

そういった近衛は、再び、優柔不断の総理に戻ってしまったように見えた。

それでも、石原は、表情を変えずに、

「アメリカ大統領の親書は、どうなりました？　陛下に届けられましたか？」

と、きいた。

「それは、前にもいったように、木戸君に預けてあります」

「木戸大臣は、陛下に渡されたんでしょうか？」

「と、思うが、何しろ、彼は忙しいですからね」

「陛下に会われた時、アメリカ大統領の親書の話は出なかったんでしょう？」

「その話は出ませんでした」

「それなら、木戸大臣は、あの親書を陛下に渡してないんですよ」

「今度会ったら、よくいっておきましょう。木戸君は、新しい考えを持っているから、安心していて大丈夫ですよ。古い華族じゃないんだから」

と近衛が、いうのだ。

（革新華族か）

と、石原は、心の中で呟いたが、それは、いわずに近衛とわかれた。

3

陸軍参謀本部から、オリンピック組織委員会に、

「例の聖火リレーに賛成するので、途中の国家の政府に通行許可と、協力を要請して欲しい」

と、いってきた。

古賀たちは、まず、ギリシャに近い中東地区から、通行許可と協力を要請することにして、各在日大使館を廻ることにした。

忙しいが、古賀たちは、嬉しかった。どの大使館も協力的だったし、古賀たちは、この仕事をしていると、東京オリンピックが、近づいてくるような気がしていたからである。

その途中、明治神宮外苑競技場に立ち寄ると、東京オリンピックの候補選手たちが

練習中だった。

その中には、ベルリンオリンピックで活躍した、長距離の村社講平や、三段跳びの田島直人(たじまなおと)、それに、棒高跳びの大江季雄(おおえすえお)の姿もあった。

半分ぐらいの選手たちがスパイクシューズではなくて、地下足袋を履いていることに気がついた。

結構楽しそうに、走り、跳んでいた。

しばらく見ていると、背後から、肩を叩かれた。振り向くと、サンフランシスコで親しくなった綱田が、笑っていた。

「どうですか。素晴しいでしょう」

と、綱田が、いう。

「アスリートたちがですか？　それとも、地下足袋のことですか？」

「両方ですよ。今度は、スパイクシューズのように白地を使ったものも用意しました。性能は、とにかく素晴しいんですから、外観も工夫して、世界中のアスリートに、利用して貰うつもりです」

と、嬉しそうに、いう。

「ずいぶん、楽観的ですね」

古賀が皮肉をいうと、綱田は、急に、きまじめな表情になって、

「私は外国に長くいたので、ヨーロッパ情勢なんかは、楽観視していませんよ。特に、ドイツのヒトラーと、イタリアのムッソリーニの二人の領土的野心は、見え見えですからね。アメリカ人の中には、いつ戦争になっても、おかしくないという声もありましてね。アジアでは、日本と中国が戦争をしているから、ヨーロッパで始まったら、それこそ、再び世界大戦ですよ」

と、いう。

古賀は、石原がいった、次の大戦は、必定(ひつじょう)という話を思い出して、憂鬱になったが、綱田は、「だからこそ――」と、語気を強めて続けた。

「民衆はね、みんな、そんな息苦しい空気に、うんざりしているんですよ。わあッと、騒ぎたいんです。世界中が、一緒になって大騒ぎ出来るのはオリンピックしかない。政治家や軍人が、戦争をやろうとしたって、民衆がそれを許しませんよ」

そのあと、綱田は、ふと、古賀の表情を見て、

「どうしたんです？　私の話、気に入りませんか？」

「実は昨日、品川区内のある町会が、組織委員会宛に、東京オリンピック開催反対の決議文を送りつけてきたんです。巻紙に、筆で書かれていました。ショックでした

よ」

と、古賀は、いった。

その決議文の文句は、はっきりと、覚えている。

「現下国家非常時ノ場合ニオイテ、巨万ノ費用ヲ必要トスル国際オリンピック開催ノ如キハ、此際(このさい)速カニ関係諸国ニ宛断リ状ヲ呈出シ、挙国一致時局ノ解決ニ当ルベキモノト信ズ」

「政治家や軍人の反対には、ある程度、馴れっこになっていますが、町内会というのは初めてで、町の声が反対、つまり国民まで反対となったら、完全にお手上げですから」

と、古賀が、いった。

綱田は、そんな古賀を、励ますように、

「そんな一部の声に、一喜一憂することは、ありませんよ。軍部におもねる、はねっ返りでしょうから」

と、いった。

4

現在、日中戦争の最前線は、徐州である。昭和十二年（一九三七年）十二月に南京攻略に成功した時、首都の陥落で、中国は、降伏するだろうと見ていたのだが、蒋介石は、奥地に首都を移して抵抗を続けた。

そこで、日本軍は、徐州進攻の大作戦を展開したが、反撃を受けて失敗し、現在、戦線は、動かず、停滞していた。

日本側は、軍の立て直しと、次の作戦をどうするかを考え、中国軍も、軍の再編成に必死だろうと、見られていた。

空軍による小規模の爆撃は続いていたが、戦線は、膠着したままである。

最前線に展開しているK連隊の兵士たちも、しばらくは戦闘はあるまいと郷里への手紙を書いたり、内地から送られてきた雑誌を読んだりしていた。

このまま、戦争は終るだろうという噂も、兵士たちは、聞いている。

その日の夜である。

歩哨に立つ兵士は、輝く満月に、郷里の村祭りを思い出していた。

南京陥落の時、これで戦争は終り、故郷に帰れると思っていたのに、それから五ケ月間、いまだに、中国戦線である。

(帰りたい)

と、ふと思った時、突然頭上に空気を切り裂く音を聞いた。

迫撃砲特有の音だった。

次の瞬間、後方で、激しい爆裂音、続けて、二発目、三発目の砲弾が、頭上に飛来する。

「敵襲!」

と、叫んだ。

その時は、すでに、K連隊は、混乱に陥っていた。

飛んでくる弾丸は数を増し、前面の闇から喚声が聞こえ、猛烈に機関銃を射ってきた。

ようやくこちらも混乱から立ち直り、ばらばらに射ち返し始めた。

不意打ちを受けてばたばたと兵士たちが、倒れていく。

連隊参謀の与田中尉は、

「ひるむな!」

「射ち返せ！」

と、怒鳴りながら、ムチャクチャに腹を立てていた。

師団司令部からの連絡では、「前面の中国軍は、部隊の再編に汲々としており、当分、攻勢に出る余裕はないものと考えられる」と、いわれていたのである。

余裕はないどころか、猛烈な攻撃だった。

時間がたつごとに、攻撃は激しくなってくる。同時に、敵が喚声をあげながら、突撃してきた。

白兵戦になった。

K連隊の中央が突破され、引き裂かれた。

「第二小隊長戦死！」

「第四小隊長戦死！」

暗闇の中から、叫び声が、与田の耳に聞こえてくる。

与田中尉が、全滅を覚悟した時、急に、周囲が、静かになった。喚声も、銃声も消えた。

「敵が退却して行きます！」

と、兵士が、叫んでいる。

与田中尉が、怒鳴り返す。

「退却じゃないだろう。敵は、引き揚げて行くんだ！」

こちらに、十分な損害を与えると、さっと、引き揚げていったのだ。

完全に、翻弄された。

夜が明けていく。

塹壕の中で、連隊本部の中で、兵士たちの死体が折り重なっている。

与田は、夢中で敵の遺棄死体を探した。

どんな敵兵か知りたかった。

だが、なかなか見つからない。敵は、味方の死体を鮮やかに、持ち去ったらしい。

それでも、与田は諦めず、兵士たちを叱咤激励して、探させた。

数時間後、やっと、敵の死体を、深い溝の中に発見した。

対面した与田中尉は、

「違う！」

と、小さく叫んでいた。

黒っぽい、粗末な軍服だった。今までに戦ってきた中国兵とは違う服装だった。

「中国共産党軍だよ」

と、与田の横で、同じ連隊参謀の木村中尉が、ぼそッといった。

5

石原莞爾は、帝国ホテルで、友人で、陸軍参謀本部作戦課の池田と、会っていた。

「君の心配が現実になったよ」

と、池田が、いった。

「中国共産党軍が、前面に出て来たんだ。新聞報道は、わが方の損害は軽微と伝えているが、実際には、Ｋ連隊は全滅に近いらしい」

「それで、これからの予想は？」

と、石原が、きいた。

「虚を突かれた北支那方面軍は、急遽、二十万から二十五万で、徐州作戦に入ると息巻いている」

「前に、台児荘で失敗しているのにか？」

「これで二度、恥をかかされているから、怒り心頭なんだ。こうなると、お偉方は、こらえ性がなくなる」

と、池田は、いう。

「武藤たちは、どういってるんだ？　作戦課の若い参謀たちは、日中戦争には意味がないと、いってると聞いたんだが」

「彼等も利口だから、お偉方の決定には反対しないさ。それに、もともと、日中戦争の拡大に賛成していたんだから。上手くいけば、失敗を取り戻せる」

「日中戦争反対の声は、ないのか？」

「君みたいに反対の意見もあるだろうが、今は、沈黙している。とにかく、北支那方面軍も突撃するつもりだし、陸軍大臣も次官も、やる気満々だ」

「中国軍は、どうなんだろう。共産党軍は国共合作を謳ってるが、蔣介石は、それを実行するつもりか？」

「それを決めるのは中国民衆の声だろう。日本軍を追い出すために、手を組めという民衆の声が、大きくなれば、共産党嫌いの蔣介石も、毛沢東と手を組まざるを得ないだろう」

「日本軍が、延々と、中国本土を占領しているんだから、民衆の声が、どう動くか自明だな」

「そうだよ。国共合作はいよいよ効力を発揮し、敵は二倍になる」

「それでも、わが軍は、全面攻勢に移るのか？」

「中国軍ごときに、恥をかかされたと、息まいているからね。もう、誰も止められないよ」

「中国共産党軍の思う壺か」

「多分、わが皇軍は、連戦連勝だ。こちらが攻めれば、向うが逃げるからな」

「決して、退却じゃないんだがな」

と、石原が、いった。

「そうだ。それでも、日本国内では、提灯(ちょうちん)行列だ」

と、池田が、笑った。

「和平の機、去るか」

石原が、呟いた。声は抑えられていたが、無念さが、表情に表われていた。

全てが無駄になったという思いだった。アメリカ大統領の親書も、陸軍参謀総長閑院宮への工作もである。

「これで、間違いなく、日本は滅亡するよ」

と、石原は、最後に、いった。

6

徐州作戦が、始まった。
二十万から二十五万の兵力が動員された。
たちまち、日本軍は五月十九日、徐州を占領。さっそく、国内では、提灯行列が行われた。その歓声に、東京オリンピック開催を望む声は、急速に消えていった。
新聞の紙面は、再び、日中戦争の記事と写真が占領し、東京オリンピックの記事は隅に追いやられた。
長期戦に備えて、昭和十三年四月一日に「国家総動員法」が公布され、五月五日から施行もされていたが、息もつかせず、次々に、国民の首を絞める法令が作られていく。
農地調整法
灯火管制規則
電力管理法
石炭配給統制規則

「欲しがりませんん勝つまでは」

である。

そんな中でも、東京市は、オリンピック大会の施設費として千二百十三万円、街路修築費として、千八十万円の更正予算を計上し、市会が承認した。

それだけではない。組織委員会は、東京オリンピックの観客輸送計画も進めていった。

道路を拡張し、地下鉄を延長し、浅草から駒沢の総合競技場まで、乗りかえなしの電車を運転する案などを検討。

そして、組織委員会は、誇らかに、次のような結論を、こんな風に書きつけた。

「一九四〇年（昭和十五年）のオリンピックを機会に、東京市は国際的に、第一級のスポーツ都市に変容し、特に、駒沢は、電車も道路も完備した日本初の総合スポーツセンターになる筈である」

日中戦争が、長期化の様相をみせたあとも、組織委員会も、古賀たちも、やる気は失っていなかったのである。

しかし、困難は、眼に見えていた。

石原莞爾は、古賀と、叔父の鈴木（すずき）に、別れのあいさつに来た。

「残念ながら、日中両国は引き返すことの出来ない長期戦に突入した。君たちの東京オリンピックが、開催できるかどうか、見守りたいが、行かなければならない場所が出来てしまったので、お別れする」

と、いう。

「何処へ行かれるんですか？」

と、古賀が、きいた。

「満州国に帰る」

「東條の下に戻っても仕方がないだろう」

と、鈴木が、いうと、

「出世欲の強い東條は、間もなく、東京の参謀本部にやってくる」

「石原さんは、関東軍に帰って、何をされるんですか？」

「ソ満国境へ行き、いつ、どんな形でソ連軍が越境してくるかを見届けるのだ」

石原は、あっさりといったので、古賀たちは、びっくりして、

「本当に、ソ連軍が、ソ満国境を侵してくると思われるんですか？」

と、きいた。

「ソビエトは、満州を取り返したくて、ソ満国境に、日本の三倍から五倍の兵力を集

結させている。彼等の領土欲は並みじゃない。今、日本が日中戦争の泥沼から抜けられないとわかったとなれば、強欲にチャンスを狙うソビエトが、見逃がす筈がないんだ。必ず、ソ満国境を越えてくる」

そういって、石原莞爾は、満州に帰って行った。

7

組織委員会の第一の敵は、企画院だった。

軍部の息のかかった企画院は、組織委員会の要求する鉄材千トンに対して、首をタテに振らなかった。

「日本国民は、聖戦遂行のために、生活を犠牲にして、武器製造の資材として、鉄材だけでなく、当面不要な装飾品は全て国に供出している。そんな時に武器製造用の鉄材を、千トンもオリンピックのために使うことは許されない」

と、いうのである。

そこで組織委員会は、メインスタジアムの一部を、木造にすることにして、必要な鉄材を六百トンにして、再度要求したが、それでも企画院に拒否されてしまった。

六月二十三日になると、東京オリンピックへの締めつけは、ますます強くなった。企画院提出の「昭和十三年ニ於ケル重要物資需給計画改訂ニ関スル件」が承認されたのである。

この改訂によって、次の禁止事項が生れた。

「戦争遂行ニ直接必要トナラザル土木建築工事ハ現ニ着手中ノモノト雖モ之ヲ中止ス」とされて、この中に、万国博覧会とオリンピック工事の中止も明記されたのである。

これによって、オリンピック工事は、中止せざるを得なくなってしまった。

古賀の働きで、聖火リレーに賛成した参謀本部の若い将校たちも、この計画を取り止めてしまった。

また、日本が、日中戦争を終結させないとわかると、各国の東京オリンピックに対するボイコット運動は激しさを増していった。

その発言も、厳しくなっていった。

六月二十日のニューヨーク・タイムズは、こう記した。

「ベルリン大会が真の国際平和と親善になんら貢献しなかったように、きたるべき東京大会もオリンピック本来の目的達成に役立つことはないだろう。さらに、米国選手がベルリン大会に参加したことがナチの宣伝をある程度まで助ける結果になったのと同様に、東京大会に参加すれば日本の宣伝に利用されることになるだろう。

日本政府の行動が数百万人の中国人を死に導き、かつ、その自由生存権をおびやかしていることに対し、われわれは強い義憤を抱いている。それを隠すような態度をとることは偽善よりも悪質な行為である。もし東京でオリンピックが開催されるようになったら、われわれは同大会への参加を拒否することで、日本政府の行動に対する米国民の道徳的判断を示すことができる」

こうした、アメリカの東京オリンピックへの批判は、アルゼンチンや、チェコスロバキアにも波及していった。

その勢いを、両国にある日本公使館は、あいついで、外務省に至急電で伝えてきた。

「十一日東京発『ハバス』通信ハ、日本ハ国内政情ノ不安定ト諸外国ノ反日運動ヲ考慮シ、一九四四年ニオケル開催権ヲ保留シタル上、次回東京オリンピック大会ヲ他国ニ譲ラントノ意向ヲＩＯＣ委員ニ通告スベシ、ト報シ居レリ」

東京オリンピック組織委員会は、完全に孤立してしまった。

それでもなお、組織委員会と、そこで働く古賀たちは、東京オリンピック開催を、諦めなかった。資材が少く、反対が多いのなら、規模を縮小してでも、開催するつもりだった。

七月十三日。

組織委員会は、フランスで東京大会中止の噂が流れているのを知って、フランスのＩＯＣ委員宛に電報を打った。

「中止の噂は完全なるデマであり、東京オリンピック大会は必ず開催される」

しかし、これは、組織委員会としての最後の意志表示になった。

翌、七月十四日。

組織委員会には、何の相談もなく、政府側の責任者、木戸厚生大臣が、突然、オリンピック東京大会の返上の声明を発表した。

突然、東京オリンピックの返上が、決定したのである。

この日、皮肉なことに、組織委員会は、東京大会で使用する競技器具、器材について協議していた。

その協議が終った時、「日本の大会返上」のニュースは、世界中を駆けめぐり、新聞の号外が、ばらまかれていたのだった。

第七章 十津川警部と東京オリンピック

1

二〇二〇年の東京オリンピックが、失敗する可能性について、警視庁の三上刑事部長から、調べるように命じられた十津川は、いろんな関係者に会って話を聞いていた。

警備計画や、観客の輸送計画を調べていた十津川がたどりついたのは、「昭和十五年の東京オリンピックの失敗」だった。

オリンピック返上という大失態について、「昭和の戦争」を研究テーマとするN大の富田という准教授の意見を聞こうということになった。

「昭和十五年の東京オリンピックを返上したのは、戦争のためだといわれていますが、これについてはどうお考えですか？」

十津川が、富田にそう問うたのは、帝国ホテルのロビーだった。

富田は、コーヒーを口にしながら答えた。

「そうですね。大きな理由は、日中戦争の拡大といえるでしょう」

「しかし、東京市長が、オリンピックに立候補しようとした昭和五年は、日本は、戦争していませんでしたね」

「そうです。オリンピックは、平和の祭典といわれますから、この時は、満点の資格を持っていたんです。アジアで初めてのオリンピックということもありましたからね。ところが、翌年から、日本は、逆の方向に走り始めるんです」

と、富田は、いい、メモ用紙に、サインペンで、書きつけていった。

昭和六年　満州事変
昭和七年　五・一五事件　犬養首相射殺される
昭和八年　国際連盟脱退
昭和十一年　二・二六事件　青年将校クーデター　斎藤実、高橋是清ら政府要人を殺害

昭和十二年　盧溝橋事件　日中戦争開始　南京占領

「そして、昭和十三年七月十四日に、東京オリンピック返上の声明が出されることになるわけですよ」

「途中で、戦争を止めていたら、昭和十五年の東京オリンピックは、開催されていたでしょうか？」

と、十津川は、きいた。

「開催されていたでしょうね。各国のＩＯＣ委員も、メディアも、昭和十五年までに日中戦争が終っていたら、オリンピックをボイコットしないと、約束していましたから」

「それなのに、何故、戦争を止めなかったんですかね？」

「最初は、北京近郊の盧溝橋で、日中間に小ぜり合いがあったんですが、現地では、停戦の話し合いが行われているんです。ところが、東京の陸軍参謀本部は、停戦に反対するんです」

「何故ですか？」

「参謀たちが、功名を求め、中国などは、一撃で降伏すると考えていたから、事件が、起きたのを、チャンスと思っていたんです。だから、現地から報告に来た将校は、参謀本部では、絶好のチャンスとみているといわれて、びっくりしたそうです」

「その時、石原莞爾は、戦争の拡大に反対していますね」

「彼は、終始、日中戦争に反対しています。この戦争は、長引く。勝てない。長引けば、中国に同情的なアメリカやイギリスとの戦争に発展する。そうなれば、日本は、必ず敗北すると、石原は考えていたからです」

「しかし、後輩の参謀たちは、石原のいうことを聞かなかったんですね？」

「そうです。日中戦争の拡大に反対する石原に向って、武藤章たちが、投げつけた有名な言葉があります。『石原さんは、政府の意向を無視して、満州事変を起こしたじゃありませんか。われわれは、同じことをやろうとしているんです』。こう突きつけたんです」

「これを聞いた石原は、何もいえなくなってしまった？」

「そういわれていますが、その時の石原は、参謀本部の空気に絶望したといいます。下克上の空気にです。前年に、二・二六事件が、起きています。このクーデターは、形としては失敗しているんですが、若い将校たちは、何をするかわからないという恐怖を、政治家に与え、軍の上層部が、若い将校たちに甘くなっていくのです。石原は、その空気を感じたといいます。この時、若手の参謀たちは、一斉に笑った。先輩に対する尊敬は、全く感じられなかった。その下克上の空気が、石原には、恐しかったんだと思いますね」

「そのあと、南京攻撃と占領になりますね」

「あの時は、日本中が、提灯(ちょうちん)行列で、大さわぎでした。日本軍、特に日本陸軍は、これで、中国軍は降伏し、戦争は終ると思っていたんです。とにかく、敵の首都を攻略したわけですからね。しかし、蔣介石は、首都を奥地に移し戦争継続になってしまった。参謀たちの計算違いです」

「それに、南京虐殺事件も起きていますね」

「あれは、日本兵が、戦友が殺されたことに腹を立てて、中国兵の捕虜を殺したといわれていますが、それだけではない。南京攻略のあとでも、捕虜虐殺事件が、起きていますから」

「なぜ、意味もなく、無抵抗の捕虜を殺したりしたんですか？」

「日本の兵士たちの絶望のせいです」

と、富田がいう。

「絶望？　どういうことでしょうか」

「兵士たちは、これでもう戦争は終りだと考えていたのでしょう。南京占領が、昭和十二年の十二月十三日ですから、来年の正月は、故郷で迎えられると喜んだのも、無理はないと思います。その証拠はいくらでもあります。例えば、ある連隊では連隊長が、兵士たちに向って、中国人から取り上げた物は、全て出せと命令したところ、兵士たち全員が、一斉に、分捕品をテーブルの上に並べたというのです。兵士たちは、てっきり日本に帰るので、分捕品を捨てていけといわれたと思ったのです。また、駅に集合せよと命令された兵士たちは、そのまま、列車に乗って、日本に帰るのだと思い込んで喜んでいたといいます。それが、逆に、新しい戦場へ向うのだというのですから、兵士たちは、絶望しますよ。戦場へ行けば、必ず誰かが死ぬんですから」

「その時点で、停戦していたら――」

「だが、日中戦争は継続された。新しい戦場は、徐州でした。徐州作戦です」

「そこで、日本陸軍が、初めて敗北をするんでしたね」

「台児荘の死闘です。大本営は、口にしませんが、かなりの被害を受けたことは事実です」

「そのためか、日本軍の進撃は止まり、戦線は、停滞しますね」

「そうです。一時的に退却していますから」

「この時が、日中戦争をやめるチャンスだったんじゃありませんか？」

と、十津川が、きいた。

「確かに、その通りなんです。石原莞爾を笑って、日中戦争の拡大を進めた若手の参謀たちも、中国軍の意外な粘りに、拡大に賛成したことを、反省していたといいますからね。それに石原莞爾たち、和平派も、協力者を見つけて終戦に向って動いていましたからね。そうだ。十津川さんの奥さんのご親戚の話もありました」

と、富田は、ニッコリして、

「綱田（つなだ）という人間が地下足袋を売り込みにアメリカに行っていて、彼の協力で嘉納治五郎（かのうじごろう）が、幸運にも、アメリカ大統領から日本の天皇への親書を手に入れて、それを天皇に渡すことになったこともありましたね。あれも、石原を勇気づけたと思いますよ」

「今回のことで、当時の東京市で、東京オリンピックの宣伝に当っていた古賀（こが）という秘書課員の書いたものに眼を通したんですが、一時的に、日中戦争は終結すると思ったと、ありました。その可能性は、あったんですか？」

と、十津川が、きいた。

「あったと思いますね」

「その理由は？」

「これは、石原莞爾の記したものにあるんですが、石原は、アメリカ大統領の天皇宛の親書を、ひそかに、近衛首相に見せ、天皇に渡してくれるよう頼んでいます。アメリカ大統領と、日本の天皇は、昔から親しい関係ですし、もともと、天皇自身、日中戦争に反対でしたから、親書を読めば、近衛首相に、中国との和平交渉を命じるだろうと、石原は、考えていたのです。近衛自身も、天皇の命令があれば、軍が反対しようが、直ちに蒋介石に会いに行くと、石原に約束しているんです。近衛という人は、優柔不断といわれますが、天皇の命令とあれば、すぐにでも蒋介石に会いに行く人だと、石原も見て期待していたんです。それに近衛自身、昭和十三年の年頭の声明で、『爾後国民政府を対手とせず』といったことを、後悔していましたからね。石原も、これで、日中戦争は、終ると思ったと書いています」

「しかし、戦争は終りませんでしたね。近衛首相と、国民政府の蒋介石主席との会談もなかった」

「そうです」

「何故、上手くいかなかったんですか？」

「それは、アメリカ大統領の親書が、天皇に届かなかったからです」

2

「近衛首相が、天皇に届けなかったんですか？　石原莞爾に約束したのに」

「宮中には、特別のしきたりがありますから、近衛首相といえども、簡単に天皇に会えるわけじゃありません。天皇の信任がもっとも厚い人物に頼んで、渡して貰うことになります」

「誰ですか？」

「木戸幸一です」

「木戸というと、明治の元勲木戸孝允の関係者ですね？」

「木戸孝允の孫に当ります。侯爵ですから、生れつきの華族ですね。政治に対して一つの理念を持っていたので、革新華族と呼ばれました」

「革新華族ですか。何か期待されている感じですね」

「若くして、西園寺公に可愛がられ、宮中に仕える内大臣秘書官長となり、その後、厚生大臣兼文部大臣を経て、内大臣として、天皇の相談相手となって、歴代の首相作りに、力をつくしています。東條英機も、木戸幸一が、首相に推薦したといわれています。それだけ、天皇の信頼が厚かったといえます」

「近衛首相は、その木戸幸一に、アメリカ大統領の親書を天皇に渡してくれるように、頼んだわけですか？」

「そうです」

「何故、近衛首相自身が、天皇に直接、手渡さなかったんですか？　近衛首相も華族の生れで、革新的で、大いに期待された存在だったんでしょうに」

「確かに、父の死で公爵となっています。内務省時代に、『英米本位の平和主義を排す』という論文を発表し、一躍注目されました。長身で、容姿も秀（すぐ）れていて、首相にもなりました。ただ、気弱なところがあり、天皇の信頼も、いまひとつだったとされています。だから、親書を、木戸幸一に託したのだと思います」

「親書を、天皇がご覧になっていれば、和平は一歩前進したんじゃありませんか？」

「そうなんです。石原も、こう書いています。天皇は、物静かだが、実行力のある方だから、アメリカ大統領の親書を見ていれば、必ずアクションを起こされている筈（はず）である。それがなかったということは、親書をご覧になっておられなかったのだ、と」

「それは、つまり、木戸幸一が、近衛首相に頼まれたのに、問題の親書を、自分の手元で、押さえてしまったということですか？」

「推測の域をでないですが、他に考えようがありません」

　富田が、冷静な口調でいった。

「木戸幸一は、何故、そんなことをしたんですか？」

「彼と、東條英機との関係です。東條のスパイだったという意見もあります」

「スパイですか、ひどいな」

「東條は、日中戦争拡大派で知られていましたが、木戸幸一がその東條と親しかったこともよく知られています」

「しかし、木戸幸一が、日中戦争に賛成だったという話を、あまり聞いたことがないのですが」

「木戸は、革新華族らしく、同じことを、こんな風にいうのです。『戦争になれば、国家の意志が統一されて、国家改造も容易になる』だから、戦争に賛成ということになるのです。こうしたいい方で、若手将校とも、親しくなっていたのです」

「東條英機ともこの理屈で、親しくなっていったということですか？」

「いや、東條に対しては、もっと、露骨な近づき方をしています」

「どんな形ですか？」

「天皇が木戸を信頼しているので、政治家や軍人が天皇に拝謁（はいえつ）する時に、木戸が同席することがよくあります。宮中のしきたりを知らない軍人の場合には、それが多くなります。木戸は、どんな政治家、軍人が、天皇に会いに来て、どんな話をしたかを覚えていた。それを、東條に知らせていたといわれます」

「それで、東條のスパイと？　何か証拠が、ありますか？」

「連合艦隊司令長官が、天皇に拝謁して、アメリカとは、戦争すべきではない、と、お話しした。ひそかに拝謁した積りだったのに、すぐ東條に呼ばれて、アメリカには勝てないと、天皇に申し上げたのは本当かと聞かれたそうです。太平洋戦争の直前のことでしたが、考えてみたら内大臣の木戸幸一が同席していたから、彼が、東條に知らせたのだと、長官はピンときたということです」

「しかし、木戸幸一は、何故、そんなことをしたんですかね？」

「彼自身の本心は分かりませんが、日中戦争に賛成だったからなのでしょう。革新華族として、戦争によって、日本国の改革が出来ると、固く信じていたからだと思いますね。だから、東條と気が合ったんでしょう」

「二・二六の若い将校たちと、同じだというわけですね？」

十津川には、二・二六事件で決起した若い将校たちの気持が、正確にわかっているわけではなかった。

しかし、何かやらなければという気持は、わかるような気がするのだ。ただ、反省のない思い込みは、危険すぎる。

「富田さんは、日中戦争が終らなかったのは木戸幸一のせいだと思うわけですか？」

と、十津川がきいた。

「歴史的に見れば、様々な要因があると思います。中国側、アメリカ側の思惑もあるでしょう。ただ、木戸幸一も、関係しているといえるでしょう。彼がアメリカ大統領の親書を、天皇に渡していれば、日中戦争は、あの時、終結していた可能性があるわけですから」

と、富田が、答える。

「そのことを、石原莞爾は、どういっているんですか？」

「いざとなれば、華族というのは、信用できない。自分たちの家の名誉しか考えないからだ。従って、近衛首相も、木戸幸一も、利用するのはいいが、本心で信用はしない。これは、皇族も同じだ。これが、石原莞爾の本音でしょうね」

「わかりました。次は第十二回東京オリンピックについて話をしたいと思います」

「それなら、東京オリンピックが、何故、失敗したのか、研究してきますよ」

「私も同じです」

と、十津川もいった。

3

二日後に、同じ、帝国ホテルのロビーで、会った時、お互いの顔が、疲れているなと、認識した。わざと一日おいたのだが、その間、ずっと、第十二回東京オリンピックについて、調べていたことは、明らかだった。

十津川が、「まず、第十二回東京オリンピックについて、感想をいってくれませんか」と、いうと、富田は、

「よく、まあ、あんな問題が山積みの時代に、東京オリンピックを開催しようと考えたと思いますね」

と、笑う。

「そんなに、無茶ですか？」

「とにかく、皇紀二千六百年に合わせて、何か派手なことをやりたくて、東京市長が、誰も何もわかっていないのに、オリンピックに眼をつけた」

「しかし、オリンピックが東京に決った時は、日本中が、わきかえって、三日間、花

火が打ち上げられ、東京決定を伝える関係者は、感きわまって、マイクを手に、声が出なかったともいわれていますが」

「日本人らしいといえばいえますが、その一方、オリンピック種目のフェンシングについて、日本には、古来の剣術というものがあるのだから、こんなものは取りあげる必要がないといったり、近代五種という種目もわからなかったり、近代オリンピックで行われるスポーツが、全くわからなかったりするわけです。従って、西欧で発達した近代スポーツに、日本の精神主義で立ち向おうとするようなマネをしているわけですよ」

と、富田は、いう。

「ひどい、言い方ですね」

「しかし、事実です」

富田は、はっきりと、いう。

「私は、日本の戦争について調べているのですが、戦争についても、同じことが、いえるのです。近代戦は、西欧が作ったもので、その精神もそうです。そこに、日本は、近代戦も、その精神もわからないまま、戦いに参加した。いや、巻き込まれていったのです」

「最初の日清戦争には、勝ちましたね」

「あれは、相手の清国が、日本以上に、近代戦にも、その精神にも馴れていませんでしたからね」

「日露戦争にも勝ちましたよ。当時、相手のロシアは、世界最強の陸軍国だと、いわれていたのにです」

「だから、日本軍は、ひたすら、ロシア軍の真似をして戦っています。例えば、二〇三高地の白兵戦。あれを、日本独自の戦い方だという人もいますが、違いますね。白兵戦の元祖は、ロシアです。日本は、近代戦の精神もわからないので、ひたすら国際法規を守ることに努めている。とにかく、あの戦争ほど、日本が、相手の捕虜を大事にしたことはありません。それは、日本精神の表われと称賛する人がいますが、全く違います。そのため、捕虜にビフテキを食べさせたりして、それを知ったロシア兵が、わざと、日本軍の捕虜になったという話もあります。それが、つけやき刃だったことは、その後の日中戦争や、太平洋戦争であっさりと、暴露されてしまいました。日中戦争における捕虜虐待や、太平洋戦争における玉砕や特攻がその証拠です。いずれも、西欧が、作り上げた近代戦と、その精神とは別のものです」

「しかし、日本兵の玉砕や、特攻については称賛の声もありますが」

「それは間違いです。玉砕について、考えてみましょう。西欧では、いくたびもの戦争の結果、刀折れ矢つきた時は、降伏して捕虜になっても構わない、むしろ名誉なことだという精神が生れました。それが近代戦の形であり、精神なのです。そのため、太平洋戦争で、アメリカ軍が日本軍が守る孤島に上陸し、圧倒的な火力で制圧すると、当然日本兵は、手を上げて降伏してくるものと考えて、待っている。弾丸を撃ちつくし、銃を失った日本兵が、ふらふらと現われる。アメリカ兵は、もう戦いは終ったとして、握手して迎えようとすると、いきなり、隠し持っていたナイフを振りかざして、飛びかかってきたというのです。アメリカ兵は、最初、びっくりする。わけがわからない。アメリカ兵の考える近代戦と全く違うからです。仕方なく、銃を射って殺してしまうが、アメリカ兵の心に、苦いものが残る。これは、もはや戦争ではない。自殺であり、虐殺だと思うからです。そのうちに、次第に腹が立ってきたといいます。まるで死人のような日本兵を、殺さなければならないことにです。それが、怒りになって、日本兵が潜む洞穴に、手榴弾を投げ込んだり、火炎放射器で、焼き殺したりするようになったというのです」

「同じことが、東京オリンピックの時にも、いえるというわけですか？」

と、十津川がきいた。

富田は、一瞬迷いを見せてから、

「これは、著名な日本のスポーツ評論家が、当時、口にした言葉です」

と、断ったあとでいった。

「日本スポーツの基調となったのは、たかだか『高等学校精神』とか『国民精神の作興』といった精神主義的スポーツ論であり、『悲壮』『死闘』のようなスポーツ本来の明朗性とは程遠い言葉が、スポーツジャーナリズムに不可欠な用語となった」

そのあと、富田准教授は更に、十津川を不愉快にさせる言葉を続けた。

「彼は、こうもいっています。日本人の中には、『スポーツをひどく純粋に考え、スポーツの選手や役員を、智能的にも道徳的にも相当高い水準にある典型的なピューリタンであるかの如くに想像している人々がいるが、スポーツ界の実状を知ったら、恐らくやり場のない苦い感情を抱くに違いない。遺憾ながら、日本のスポーツは、そういう人々が想像してくれる程の高貴性も持っていなければ、文化的な役割をはっきり意識しているわけでもないのだ』と。そして、彼は、日本のスポーツが、知的にも、道徳的にも、文化的にも、低水準に停滞している理由を、次のように書いています」

と、富田は、続ける。

「日本のスポーツが、近代的な形式を整え出してから、すでに四半世紀となるが、その間、日本のスポーツは、極めて甘やかされた環境の中で育ってきた。いきなり飛び込んできた外来スポーツは、その基調となる西欧的な『スポーツ精神』の検討も、咀嚼もなく、その形式のみを踏襲し、ほとんど無反省の中に、とにかく、『世界的』と、呼べる程度まで、成長した。これは、日本人の体力というより、細かさを、消化力というより、模倣力を示すもので、その間、日本スポーツの文化的な地位を裏づけるような指導原理は、何一つ生れてこなかった。

　また、日本スポーツの中心的な存在の大日本体育協会は、アマチュアスポーツに対する積極的な見解を持たないから、することなすこと、ことごとく、消極的で引込思案で、オリンピック代表が、ベルリンから帰朝しても、むやみに彼等のベルリンにおける『堂々たる態度』の報告に自己陶酔し、甚だしきに到っては、その行動が『諸外国人の称賛を博した』という。まるで、日本の文明開化時のような喜びにふけるのみで、ベルリン大会における戦績に対する真摯な科学的検討や、将来の日本スポーツ界に対する指標の樹立というような積極的な努力は、殆ど現われて来ない。

　こうした体協を中心とした日本スポーツ界の『病根』を見すえて、東京オリンピックに向けて、体質改善のための反省が、必要である」

「それは、昭和の失敗についての考証ですね。富田さんは今も、その『病根』が残っていると、お考えですか？」

と、十津川は、きいた。

「今回、日本の戦争という研究テーマから離れて、現代の日本のスポーツをテーマにして、調べてみたのですが、その結論として、昭和のスポーツ評論家と同じ言葉しか出て来ないのですよ。日本のスポーツは、たかだか『高等学校精神』とか『国民精神の作興』といった精神主義的スポーツ論しか出て来ない。その結果『悲壮』『死闘』といったスポーツ本来の明朗性とは程遠い言葉が、スポーツジャーナリズムに不可欠になっている。繰り返しますが、昭和十三年の日本スポーツ界に与えた警告を、そのままませざるを得ません」

富田は、やおら、ポケットから、今日、駅で買ったものだといって、スポーツ新聞を取り出した。

「延長十二回の死闘、決着つかず」（プロ野球）

「肩が潰れても構わないと思って投げました。――県大会で優勝できて嬉しいです」（地方の大会で五年ぶりに優勝した高校野球チームの投手の言葉）

「死ぬ気でやりましたよ。それじゃなきゃ勝てませんよ」（あるボクシング選手の試合後の叫び）

「どうですか。たった一日のスポーツの中に、悲壮感の漂う記事が三つですよ。明るさとか、技術論は、全くない」

と、富田は、いう。

「日本人が、ただ単に『死闘』とか『死ぬ気』という言葉が、好きなだけじゃないんですか？」

十津川が、いっても、富田は、表情を変えずに、

「間もなく、東京オリンピックが、開催されます。その時、日本のスポーツ界が、昭和十三年と同じ高等学校程度の精神主義に支配されているのでは困る、と私は思います」

と、いう。

富田は、更に、日本のスポーツ界の別の病根を、口にする。

「それは、コネと暴力で君臨する、ボスの存在です。外国にもボスは存在しますが、日本の場合は、古めかしく精神主義的だということです。それが、現代でも存在して、スポーツ界を支配していることです。しかも、そのスポーツが、オリンピックの競技種目に入っていることです」

富田は、いくつかの例をあげた。いずれも、ここにきて、実際にあった事件である。

「アマチュアボクシングの世界に、ボスと呼ばれる男がいて、試合が採点で決まる場合、ボスの好きなI県の選手を勝ちにするよう無言の圧力をかけていて、問題になりました。今も、この男は、アマチュアボクシングの世界に隠然たる影響力を持っているといわれています。

ごく最近も、東京オリンピックでも採用されたテコンドーの世界で、協会に長い間君臨していた会長が問題になりました。彼は、全くテコンドーの経験が無いにも拘らず、このスポーツのボスになっているのです。選手たちは、『恐怖政治』と、いい、総会でボスの追放を決めようとしたのですが、何故か彼は、すぐには辞めなかったのです。

オリンピック競技ではないですが、ある大学のアメフト部で、監督が、部員の一人に、ライバル校に勝つために、向うのエースに危険なタックルをして怪我をさせ、次の試合に出られないようにしろと命令した事件もありました。命令された選手は、拒否すれば試合に出して貰えないので仕方なく、試合中に反則タックルをして、相手を負傷させ、問題になりましたが、その大学の最高責任者の学長は、辞職せず、現職に居すわっています。

こうした現状を見ると、果して、日本が東京オリンピックを開催する資格があるのかどうか、疑いを持ってしまうのです」

富田の意見は、手厳しい。

「確かに、今、富田さんがあげたスポーツ界の不祥事は、私も知っているし、残念だと思いますが、それは、日本人の欠点ではなく、スポーツ界の人間の欠点じゃありませんか」

十津川が、反論すると、富田は強くかぶりを振って、

「これは日本人の欠点です。だから、心配なのです」

と、いい、太平洋戦争の末期にあった話をしてくれた。

「フィリピンの攻防戦では、日本は、レイテ決戦で、アメリカに敗北、続くルソン島の戦いでも敗れて、かなり多くの捕虜を出しました。アメリカは、フィリピンに収容所を三ケ所作り、そこに、日本兵を分散して収容しました。全員で千人くらいですから、一ケ所に、三、四百人です。アメリカは収容所長をつけ、所内は、日本兵捕虜の自治に委(まか)せました。

すると、三つの収容所で、全く同じ現象が殆ど同じ時期に起きました。ボス（日本的にいえば親分）が生れ、その下に五、六人の手下がつき、彼等がそれぞれの収容所の捕虜たちを支配するようになったのです。方法は、暴力です。文句をいう捕虜は、

徹底的に叩きのめしたので、捕虜たちは大人しくなりました。さらに彼等は収容所で一番大事な食糧を押さえて、支配を完全なものにしたのです。捕虜たちの中には、デモクラシーについての研究グループも生まれましたが、ボスたちの暴力支配には、沈黙することしか出来なかったのです。結局、アメリカの収容所長が、ボスと手下たちだけを、別の収容所に移して、解決しましたが、アメリカ人にとっては、不思議だったと思います。

ボスとその手下といっても、せいぜい六、七人です。他の捕虜の数は、三百人。なぜ、その三百人が、六、七人に支配されてしまうのか。これは日本人の特性なのか、わからなかったと思うのです」

「それは、戦争中の、異常な心理状態だったからではありませんか？」

と、十津川が、いった。

「では、戦後にあった話をしたいと思います」

「同じように、日本人の話ですか？」

「いや、日本にやってきた外国人が、ぶつかった日本的スポーツの不思議です」

と、富田はいい、その話をした。

「トンガ王国から、一人の青年が来日しました。今から四十年前といっても、日本はすでに高度経済成長期をも終えていた時代です。

トンガの王様は、親日家で有名で、また、トンガ王国は、ラグビーの強国としても知られています。その青年も、日本にラグビー留学にやってきたのです。

彼は、日本で、ラグビーの名門、Ｄ大学に入学し、ラグビー部に入りました。

トンガ王国から見れば、日本は、大国であり、先進工業国であり、デモクラシーの発達した国です。

近代スポーツを学べるチャンスだと思ったに違いありません。何故なら、日本は、アジアで最初のオリンピックを開催した国だからです。ところが、合宿一日目に彼は、愕然(がくぜん)とするのです。

監督の言うことには、絶対服従。逆らえばレギュラーになれない。監督どころか、上級生にも、反抗は許されない。学年が上というだけで、むやみに威張り、逆に、学年が下というだけで、奴隷のようにこき使われる。

上級生は、神サマであり、下級生はドレイである。何かというと、上級生は、下級生を殴り、愛のムチだという。

トンガの青年には、わけがわかりませんでした。これは、スポーツではない。ただの暴力ではないか。

日本は、スポーツ先進国で、オリンピックを開催した国である。それなのに、現実の世界は、明るさも、公平さもない乱暴な精神主義ではないか。下級生の一人がミスして、試合に負けた時、下級生全員が殴られた上、校庭を何周も走らされました。

彼は、我慢できず『後輩をかばうのが先輩だろう』と、嚙みついたそうです」

4

実は、十津川も、昭和十五年の第十二回東京オリンピックの失敗について、調べていて、不思議に思ったことがあった。

その前の第十一回ベルリンオリンピックで活躍した選手たちのことである。

スポーツ後進国の日本選手の活躍である。例えば、一万メートルに出た村社講平（むらこそこうへい）は、小柄で、長身で優勝候補の北欧の三選手には、とても勝てそうには見えなかった。ところが、スタートするや、小柄で無名の村社講平は、果敢に先頭に出て、最終周までトップ争いをし、ドイツ人の大観衆は、一斉に、「ヤーパン、ヤーパン」と歓声をあげて、応援した。

また、負けた日本選手の中にも、声援を受けた者がいた。ある選手は、トラックを走るうちに、一周おくれになってしまった。その時、先頭走者の邪魔にならないように、脇にどいたというので、そのフェアプレー精神を、賞賛された。

それを、武士道精神の表われと書いた新聞もあった。

ところが、その選手たちが、日本への帰途、国辱的な行動を取るのである。

ベルリンオリンピックで活躍した日本選手たちは、マルセーユ発の鹿島丸で、十月二日に神戸に帰国した。その船内の行状記である。

「醜態だらけのベルリン派遣選手団」

という見出しで、新聞は、鹿島丸に選手たちと乗り合せた大学教授の見聞記をのせた。

「私だけでなく、一等船客全員が、その無統制ぶり、無教養ぶりに呆れたのです。幸い外国人があまり乗っていなかったから、よかったようなものの、あの船中の生活は、まさに国辱ものでした。九月二十八日、上海を出ていよいよ祖国に向うという晩などの騒ぎは、大変なもので、午前四時頃まで船客は殆ど眠ることが出来なかったほどです。私にいわしめれば、幹部の組織の問題と選手の素質の問題だと思います。幹部には、わが国を代表して外交官的使命も果し得る人格、識見の優れた人を選ばなければならないし、そうすれば自然に、問題は解決すると思うのです。選手については、現代教育制度の欠陥を指摘しなければなりません。アマチュア精神を忘れて学業は、第二、第三、ただ記録だけを争って人格の陶冶（とうや）を忘れているところに禍根があるのです。これを改めるには、教育制度を改めなければなりません。有名選手を看板にして学校を宣伝しなければならないような現在の事業的学校の制度が、いけないのです」

　雑誌も、この問題を取り上げた。

「日本選手団が乗った鹿島丸は、マルセーユを出た最初の夜から、船のスモーキングルームは団体競技の選手たちに占領され、看板の十一時まで歌、口論、他の船客は恐れて、傍に寄りつけない。飲み足りぬ猛者（もさ）たちは、ロンドンで仕込んだウイスキーを、グイグイ部屋の中で空けて、午前三時まで、地中海とも思えぬ喧騒だった。朝は朝で、時間におかまいなしに、わァー、わァーと男女の歓声、ガタゴトとビリヤードの騒音、飛んだりはねたり、特にAデッキのケビンは災難だった。始めの三日ほどは、刻明に船内心得を貼り出していた船の事務長も、サジを投げた恰好で、その後は、運悪くAデッキに寝ている外国人たちの慰問の方に、努力していた。オリンピック船を承知で乗った英国人だったが、さすがに船が、シンガポールに着くのを待ちかねたように、下船していった」

これは、いったい、何なのかと、十津川は考え、悩んだが、思い当ることが、一つあった。

それを、富田に話した。

「私の友人に、大学の空手部にいた奴がいましてね。例によって、連日のシゴキで、ライバル大学に負けると、選手全員が殴られて、一度は、退部しようと思ったものの、我慢しているうちに、大学対抗で、優勝。とたんに、破目を外したどんちゃん騒ぎだったそうです。

後援者の会社社長が、選手たちを、京都のお茶屋に連れて行き、舞妓や、芸妓を呼んで三日三晩、大さわぎをしたというのです。選手の一人は酔って暴れて、ふすま二枚を蹴飛ばして、穴をあけた。

それでも、監督も後援者もニコニコ笑って、怒らず、お茶屋の方は、そのふすまを記念だから大切に取っておくと、いったそうです。

つまり、日本スポーツの精神主義でシゴキと、どんちゃん騒ぎとは、別のものではなく、一対になっているんじゃないかと思いますね。

だから、不当で、悲壮なシゴキにも、選手たちは堪える。ご褒美があるからです。彼等は、その後、大学や高校の監督やコーチとして、自分たちが受けたと同じトレーニングを生徒たちに、与えているのです。前近代的なシゴキといわれるものですが、不思議に、いい成績をあげています。そのせいで、彼等の中には、名コーチとか、名監督と呼ばれている人間が、何人かいるのです。大リーグで、活躍している者もいるのです。これを、どう解釈したらいいと思いますか？　先生はどう思われますか？　私も先生と同じで、昭和十五年に、西欧から伝えられた近代スポーツ精神は、即ちオリンピック精神ですが、昭和十五年に、東京オリンピックをやろうとした日本のスポーツは、間違いなく、たかだか高等学校精神で、とても、近代の名を冠せるようなものではなかったと思うのです。

昭和十五年の東京オリンピックは、戦争のために開催できなかったが、私は、やらなくて、良かったような気もするのです。近代スポーツを理解できないまま、東京オリンピックをやるべきではなかったと思うからです。そして、戦後の昭和三十九年に、東京オリンピックを開催しました。この時は、日本中が無我夢中で、オリンピック精神について、ゆっくり考えることもなかったのです。従って、二〇二〇年の今回の東京オリンピックこそが、日本における近代スポーツ精神が、試される時だと思うのです。しかしいぜんとして、日本のスポーツは、高等学校精神のままのところが、数多く見られて、私はそこが不安なのです。その点を、先生は、どう思われますか？　今回の東京オリンピックは、本当の意味で、成功すると思いますか？」

と、十津川は、きいた。

「本当の意味でですか？」

と、富田は、おうむ返しにいい、

「答えにくい質問ですね。今回の東京オリンピックで日本選手が、どう戦うか私にはわかりません。近代スポーツ精神で戦うのか、高等学校精神で戦うか、どちらになるのか。ただ、私は二つ、明るい希望を持って、東京オリンピックを見るつもりです。その第一は、日本人は、学ぶことの好きな国民だということです。いや、それ以上に、学ぶことに貪欲な国民です。もちろん、スポーツ選手もです。東京オリンピックで、オリンピック精神を学んでくれると期待しています。第二は、日本が、戦争をしていないことです。戦争中の国や都市に、本来、オリンピック開催の資格はありません。従って、昭和十五年の東京には、その資格がなかったわけです。その点、今回の東京オリンピックは、戦争をしていない日本国の人間として、安心して、誇りを持って、迎えることが出来ます」

富田が、微笑する。

「先生は、大学時代、陸上長距離の選手だったとか？　オリンピック出場も夢見たと」

十津川が、急に、話題を変えた。

さすがに、富田も、戸惑いを見せて、

「陸上をやっていましたが、オリンピック出場というのは、ほんの少し夢を見たというだけのことです」

と、いう。

「先生の、その夢に対して、プレゼントしたいものを、持ってきました。ぜひ、貰って下さい」

十津川が、差し出したのは、白い地下足袋だった。

「妻の叔父は、先生もご存知のように、オリンピックで使用するスパイクシューズとして、日本の地下足袋を売り込んだ人間です。昭和十年代に、アメリカなどで売り込みに成功して、大儲けをしました。戦後の東京オリンピックの時には、すでに亡くなっていましたが、改良した地下足袋を売り込もうとして、用意しておいたのが『東京オリンピックスタイル』と名付けた、そのジャパニーズ・スポーツ・シューズなのです。色も白くし、コハゼは、廃止しています。白くしたのは、地下足袋の黒い色が、不評だったからです。ぜひ、それを履いて、新しい国立競技場を走ってみてくれませんか」

「今回の東京オリンピックでも、選手たちに、履かせようと思っているわけですか？」

「それは、全く考えていません。日本のスポーツについて、東京オリンピックについて、真剣に考えている方々に履いて貰うことだけを、考えて、差し上げるのです」

「わかりました」

と、富田が、肯いて続けた。

「いつかこのジャパニーズ・スポーツ・シューズを履いて、新国立競技場のトラックを走りますよ」

本作品には実在する地名、人名、団体名が登場しますが、ストーリーはすべてフィクションです。作中には今日では不適切とされる表現がありますが、当時の時代背景に鑑み、そのままといたしました。ご理解賜りますようお願いいたします。

主要参考文献

朝日新聞縮刷版　昭和十三年一月から十二月
古川隆久／鈴木淳／劉傑　編『第百一師団長日誌　伊東政喜中将の日中戦争』（中央公論新社）
橋本一夫『幻の東京オリンピック』（講談社学術文庫）
真田久『嘉納治五郎』（潮文庫）

初出誌　「オール讀物」
（令和元年5月〜8月号、9・10月合併号、11月〜12月号）
単行本　令和2年4月　文藝春秋刊

文春文庫

東京オリンピックの幻想（とうきょうオリンピックのげんそう）
十津川警部シリーズ（とつがわけいぶシリーズ）

定価はカバーに表示してあります

2022年12月10日　第1刷

著　者　西村京太郎（にしむらきょうたろう）
発行者　大沼貴之
発行所　株式会社 文藝春秋

東京都千代田区紀尾井町 3-23　〒102-8008
TEL 03・3265・1211(代)
文藝春秋ホームページ　http://www.bunshun.co.jp

落丁、乱丁本は、お手数ですが小社製作部宛お送り下さい。送料小社負担でお取替致します。

印刷製本・凸版印刷

Printed in Japan
ISBN978-4-16-791973-3

（　）内は解説者。品切の節はご容赦下さい。

西村京太郎
「ななつ星」極秘作戦
十津川警部シリーズ

太平洋戦争末期、幻の日中和平工作。歴史の真相を探ろうと豪華クルーズ列車「ななつ星」に集った当事者の子孫や歴史学者らに、魔の手が迫る。絶体絶命の危機に十津川警部が奔る！

に-3-52

西村京太郎
飛鳥Ⅱの身代金
十津川警部シリーズ

未確認テロ情報を摑み、十津川警部は豪華客船「飛鳥Ⅱ」に乗船する。日本一周の航海中、船内で爆発が発生。乗客ら千名を人質にしたシージャック犯の正体、そして驚愕の要求とは？

に-3-54

西村京太郎
能登・キリコの唄
十津川警部シリーズ

銀行強盗に立ち向かった青年は、実は共犯だった？　十津川警部は、彼が親に捨て置かれた段ボール箱の謎の文字を手掛かりに、能登へ。「あばれ祭り」の巨大燈籠に隠された秘密とは？

に-3-56

西村京太郎
現美新幹線殺人事件
十津川警部シリーズ

画商の自宅から盗まれた新進の画家の絵が、越後湯沢―新潟間を走る観光列車「現美新幹線」に展示された。絵に秘密があると睨む十津川警部は〝世界最速の美術館〟に乗り込むが……。

に-3-57

西村京太郎
殺人者は西に向かう
十津川警部シリーズ

東京で老人の遺体が発見された。孤独死と思われたが、遠く岡山ではその旧友も謎の死を遂げる。連続殺人事件を疑い、岡山に向かった十津川警部は、四十年前の哀しい因縁に辿り着く。

に-3-58

西村京太郎
寝台特急「ゆうづる」の女
十津川警部クラシックス

上野発青森行・特急「ゆうづる5号」。二人用の個室寝台で目覚めた男は驚愕する。偶然同乗した女性の姿はなく、別れ話で揉める女性の死体が……。謎の美女は何者なのか？　（小牟田哲彦）

に-3-59

西村京太郎
京都感傷旅行（センチメンタル・ジャーニー）
十津川警部シリーズ

美人女将が営む京都の料亭旅館に集った大学の同窓生。男は「欺された」とメモを遺して死に、女将の生家が陰陽師の家系だと詮索した女は遺体で見つかった。陰陽師は人を殺せるのか。

に-3-60

赤川次郎
赤川次郎クラシックス
幽霊列車

山間の温泉町へ向う列車から八人の乗客が蒸発。中年警部・宇野は推理マニアの女子大生・永井夕子と謎を追う——。オール讀物推理小説新人賞受賞作を含む記念碑的作品集。（山前　譲）

あ-1-39

赤川次郎
マリオネットの罠

私はガラスの人形と呼ばれていた——。森の館に幽閉された美少女、都会の空白に起こる連続殺人。複雑に絡み合った人間の欲望を鮮やかに描いた、赤川次郎の処女長篇。（権田萬治）

あ-1-27

阿刀田　高
ローマへ行こう

忘れえぬ記憶の中で、男は、そして女も、生きたい時がある。あれは夢だったのだろうか。夢と現実を行き交うような日常の不可解を描く、大切な人々に思いを馳せる珠玉の十話。（内藤麻里子）

あ-2-27

我孫子武丸
裁く眼

法廷画家が描いた美しい被告人女性と裁判の絵がテレビ放送された直後、彼は何者かに襲われた。絵に描かれた何が危険を呼び込んだのか？　展開の読めない法廷サスペンス。（北尾トロ）

あ-46-4

有栖川有栖
火村英生に捧げる犯罪

臨床犯罪学者・火村英生のもとに送られてきた犯罪予告めいたファックス。術策の小さな綻びから犯罪が露呈する表題作他、哀切でエレガントな珠玉の作品が並ぶ人気シリーズ。（柄刀　一）

あ-59-1

有栖川有栖
菩提樹荘の殺人

少年犯罪、お笑い芸人の野望、学生時代の火村英生の名推理、アンチエイジングのカリスマの怪事件とアリスの悲恋。「若さ」をモチーフにした人気シリーズ作品集。（円堂都司昭）

あ-59-2

阿部智里
発現

「おかしなものが見える」心の病に苦しむ兄を気遣う大学生のさつき。しかし自分の眼にも、少女と彼岸花が映り始め——「八咫烏シリーズ」著者が放つ戦慄の物語。（対談・中島京子）

あ-65-8

（　）内は解説者。品切の節はご容赦下さい。

青柳碧人
国語、数学、理科、誘拐
進学塾で起きた小6少女の誘拐事件。身代金5000円、すべて1円玉で?!　5人の講師と生徒たちが事件に挑む。「読むと勉強が好きになる」心優しい塾ミステリ！　（太田あや）
あ-67-2

青柳碧人
国語、数学、理科、漂流
中学三年生の夏合宿で島にやってきたJSS進学塾の面々。勉強漬けの三泊四日のはずが、不穏な雰囲気が流れ始め、ついには行方不明者が！　大好評塾ミステリー第二弾。
あ-67-4

天祢　涼
希望が死んだ夜に
14歳の少女が同級生殺害容疑で緊急逮捕された。少女は犯行を認めたが動機を全く語らない。彼女は何を隠しているのか？　捜査を進めると意外な真実が明らかになり……。　（細谷正充）
あ-78-1

秋吉理香子
サイレンス
深雪は婚約者の俊亜貴と故郷の島を訪れるが、彼には秘密があった。結婚をして普通の幸せを手に入れたい深雪の運命が狂い始める。一気読み必至のサスペンス小説。　（澤村伊智）
あ-80-1

明日乃
お局美智　経理女子の特命調査
地方の建設会社の経理課に勤める美智。普段は平凡なOLだが、会社を不祥事から守るため、会長から社員の会話を盗聴する特命を負っていた——。新感覚〝お仕事小説〟の誕生です！
あ-83-1

明日乃
お局美智　極秘調査は有給休暇で
突然の異動命令に不穏な動きを察知した美智。さらにパソコンには何者かによってウイルスが仕掛けられ……。犯人は社内の人間か、それとも——。痛快〝お仕事小説〟第二弾！（東　えりか）
あ-83-2

彩坂美月
柘榴パズル
十九歳の美緒、とぼけた祖父、明るい母、冷静な兄、甘えん坊の妹。仲良し家族の和やかな日常に差す不気味な影——。繊細なコージーミステリにして大胆な本格推理連作集。　（千街晶之）
あ-87-1

伊集院　静
星月夜
東京湾で発見された若い女性と老人の遺体。事件の鍵を握るのは、老人の孫娘、黄金色の銅鐸、そして星月夜の哀しい記憶……。かくも美しく、せつない、感動の長編小説。（池上冬樹）
い-26-21

伊集院　静
日傘を差す女
ビルの屋上で銛が刺さった血まみれの老人の遺体がみつかった。「伝説の砲手」と呼ばれたこの男の死の裏に隠された悲しき女たちの記憶。『星月夜』に連なる抒情派推理小説。（池上冬樹）
い-26-27

石田衣良
うつくしい子ども
閑静なニュータウンの裏山で惨殺された9歳の少女。〝犯人〟は、13歳の〈ぼく〉の弟だった。絶望と痛みの先に少年が辿りつく真実とは——。40万部突破の傑作ミステリー。（五十嵐律人）
い-47-37

池井戸　潤
株価暴落
連続爆破事件に襲われた巨大スーパーの緊急追加支援要請を巡って白水銀行審査部の板東は企画部の二戸と対立する。日本経済の闇と向き合うバンカー達を描く傑作金融ミステリー。
い-64-1

池井戸　潤
シャイロックの子供たち
現金紛失事件の後、行員が失踪!?　上がらない成績、叩き上げの誇り、社内恋愛、家族への思い……事件の裏に透ける行員たちの葛藤。圧巻の金融クライム・ノベル！（霜月　蒼）
い-64-3

乾（いぬい）　くるみ
イニシエーション・ラブ
甘美で、ときにほろ苦い青春のひとときを瑞々しい筆致で描いた青春小説——と思いきや、最後の二行で全く違った物語に！「必ず二回読みたくなる」と絶賛の傑作ミステリ。（大矢博子）
い-66-1

乾　くるみ
セカンド・ラブ
一九八三年元旦、春香と出会った。僕たちは幸せだった。春香とそっくりな美奈子が現れるまでは。『イニシエーション・ラブ』の衝撃、ふたたび。究極の恋愛ミステリ第二弾。（円堂都司昭）
い-66-5